오늘 어떤 당신이었나요?

지친 당신의 삶에 전하는 따스한 에세이

오늘
어떤 당신
이었나요?

목차

한나의
작은 소망

제게 작은 소망이 있었어요.

글을 모아서 책을 내고 싶다는 꿈이요.

글을 통해 누군가에게 위로가 되고 싶고, 웃음을 주고 싶고,

그리고 기록하고 싶었습니다.

그래서 블로그를 통해서 글을 썼고,

쓴 글을 가족 및 지인에게 보내곤 했지요.

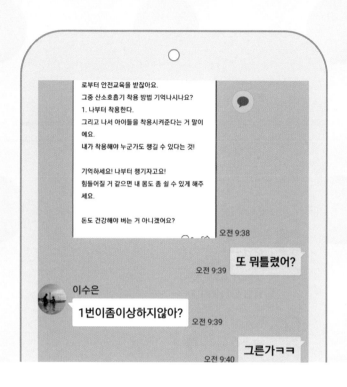

로부터 안전교육을 받잖아요.
그중 산소호흡기 착용 방법 기억나시나요?
1. 나부터 착용한다.
그리고 나서 아이들을 착용시켜준다는 거 말이에요.
내가 착용해야 누군가도 챙길 수 있다는 것!

기억하세요! 나부터 챙기자고요!
힘들어질 거 같으면 내 몸도 좀 쉴 수 있게 해주세요.

돈도 건강해야 버는 거 아니겠어요?

오전 9:38

또 뭐 틀렸어?

오전 9:39

이수은

1번이좀이상하지않아?

오전 9:39

그른가ㅋㅋ

오전 9:40

글을 보고 어색한 부분을 찾아주는 분.

맞춤법이 틀렸다고 알려주는 분.

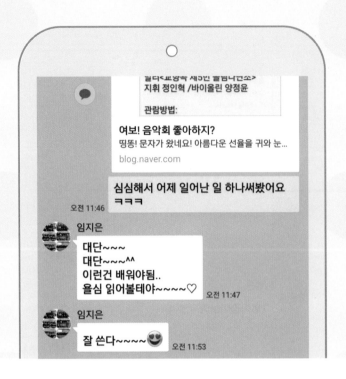

지휘 정인혁 /바이올린 양정윤

관람방법:

여보! 음악회 좋아하지?
띵똥! 문자가 왔네요! 아름다운 선율을 귀와 눈...
blog.naver.com

심심해서 어제 일어난 일 하나써봤어요
ㅋㅋㅋ

오전 11:46

임지은

대단~~~
대단~~~^^
이런건 배워야됨..
욜심 읽어볼테야~~~~♡

오전 11:47

임지은

잘 쓴다~~~~😎

오전 11:53

"잘 쓴다"라는 말로 저를 응원해주시는 분.

그래도 가장 좋았던 칭찬은 남편이 해 주는 칭찬이더라고요.

오늘 어떤 당신 이었나요?

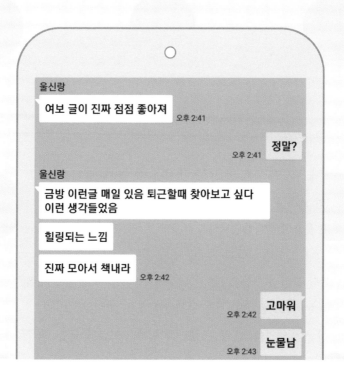

가족과 가까운 분들의 응원 덕에 전 신이 나서 글을 쓸 수 있었죠.

글쓰기는 어느덧 제 삶에 큰 부분을 차지했고, 기억하고 싶은 무언가가 속에서 올라올 때면 핸드폰에 저장을 하고, 사진도 찍고 하는 버릇이 생겼답니다.

동네 친구와 함께 밀크티를 마시던 중 친구가 묻더라고요.

"넌 요즘 무슨 글을 쓰는 거야?"

전 웃으며 대답했습니다.

"그냥 소소한 일상들… 너랑 만난 것도 쓰고 그래."

깜짝 놀란 친구는 "정말?? 너무 궁금하다!! 나도 좀 보내줘!"

쑥스럽기도 했지만, 저는 친구에게 글을 보내주었습니다.

'친구는 읽었을까? 무슨 생각을 할까?' 이런 궁금한 마음을 아는지 모르는지 친구는 아무 대꾸도 없더라고요.

다음 글이 완성되면 다시 친구에게 보냈습니다.

'친구는 읽었을까? 무슨 생각을 할까?'

되풀이 되는 궁금한 마음이었지만 여전히 대꾸가 없고, 다른 이야기만 하는 친구.

그렇게 몇 번의 반복이 있었지요.

며칠 뒤 친구와 통화를 하던 중 친구가 "넌 정말 책을 낼 거니?"라고 묻더라고요.

그때 저는 단호한 목소리로 "어! 물론 출판사들이 꺼려하겠지만, 난 도전해볼 거야!"

평소 허물없이 지낸 친구여서인지 필터링 없이 이야기를 합니다.

"야!! 무슨 그런 퀄리티 낮은 글로 책을 낸다는 거야?"

당황도 잠시, 저는 아주 소극적으로 변신했습니다.

"그렇게 글이 이상하니?"

친구는 "글이 이상한 게 아니라 뭐 그냥 연구한 것도 아니고, 평소에 일어나는 그런 일들로 책을 내냐? 책을 내기엔 별 대수롭지 않은 글들이니까."

저는 더욱 작아지며 "그래 그렇긴 하네… 네 말이 맞다…."

가족들이야 제가 새롭게 도전하는 모습이 기특해서 칭찬했을 테고, 가깝게 지내는 지인분들 역시 애쓰게 쓴 글을 가지고 칭찬 말고는 할 게 뭐가 있겠어요….

칭찬에 익숙해져버린 제게 친구가 전한 '퀄리티'에 대한 이야기는 다소 충격적이었답니다.

그러나 이 충격에서 벗어났기에 다시 글을 쓰고 있겠지요?
남편이 제게 권해 준 책을 읽고, 저는 용기를 얻었습니다.
읽으며 힘을 준 글귀 몇 개를 옮겨봅니다.

오늘 어떤 당신 이었나요?

중학생 딸도 내 글을 보면서 키득거리는 걸 보며 '내 글이 너무 쉬운 건가? 청소년용인가?'라는 생각과 함께 '괜찮을까'라는 우려를 하였다.

그러나 평이하게 글을 쓰려면 용기가 필요하다. 그 이유는 쉽게 읽히지 않는 산문이야말로 지식의 표상이라고 굳게 믿는 사람들로부터 무시를 당하거나, 어리석은 존재로 폄하될 수 있기 때문이다.

'난 책을 많이 읽지 않아서 글들이 너무 고급스럽지 못한 걸까?'

단지 경제적으로 궁핍한 데다 교육을 많이 받지 못해 행색이 초라하고 어휘가 시장의 노점상인보다 더 풍부하지 않다고 해서 자신을 어리석은 존재로 여기는 것 또한 핑계에 불과하다.

친구 말 들어보니 내가 연구를 한 것도 없고, 정확한 수치를 알려주는 정보도 아니고… 그저 함께 웃고 위로하고 싶었던 건데… '책을 낸다는 건 주제넘는 일이 아닐까?'

인문학 분야에서 저자의 책임은 과학에 버금가는 정확도에 있지 않고 인류에게 행복과 건강을 주는 데에 있다.

소소한 일상을 적는다고는 하지만… 지극히도 평범한 나의 삶을 통해 깨달은 무언가를 끄적거리는 것이 과연 책을 낼 만큼 의미 있을까?

> 몽테뉴는 흥미로운 지혜란 어느 인생에서나 발견되는 것이라고 주장했다. 우리의 이야기들이 제아무리 소박하다 하더라도, 옛날의 그 많은 책에서보다 우리 자신에게서 더 위대한 통찰력을 끌어낼 수 있다는 것이다.
>
> ─『철학의 위안』 중에서

물론 이 책의 글귀가 저를 향해 하는 말이 아닐지라도 '글의 퀄리티'로 낙심한 제게 큰 힘이 되었습니다. 『철학의 위안』 저자분이 "잘못 이해하신 거 같습니다. 그런 의미가 아닙니다!"라고 말할지언정 그 순간만큼은 그 글들이 저를 일으켜 주었습니다.

어느 인생에서나 발견되는 지혜,

소박하지만 그 많은 책보다 위대한 통찰력을 끌어내길 소망하며….

그래서 저는 오늘도 부지런히 깨닫기 위해 노력합니다.

또 기억하려고 메모합니다.

그리고 핸드폰을 들어 카메라로 찍어댑니다.

작은 깨달음을 간직하기 위해서….

누군가 제 글을 통해 위로가 될 수 있길 바랍니다.

글의 소재가 되어 준 딸과 남편에게 감사를 표하며^^

뒷자리도
괜찮더라구요!

공부에는 재능이 없었어요. 재능이 없었다는 말은 열심히 공부하지 않았던 제 행동을 합리화시키는 건가요? 근데 정말 재미도 없었고, 이해도 안 가고, 가만히 앉아있는 게 힘들어서 학교 가는 게 곤욕이었지요. 매번 학교를 그만두겠다고 엄마를 힘들게 했던 청소년기를 보냈답니다.

굼벵이도 구르는 재주가 있다더니 조금 잘하는 게 있더라고요. '운동'입니다. 체력장을 하면 평소와는 다른 자신감 있는 모습으로 윗몸일으키기, 멀리뛰기, 오래 매달리기를 하곤 했답니다. 결국 체육을 전공하기로 결심하여 열심히 공부도 하고 정말이에요^^ 제가 영어, 수학은 잘 봤어요ㅋㅋㅋ, 입시를 위한 운동을 하기 시작했지요.

오늘 어떤 당신 이었나요?

대학을 진학하고 보니 저는 운동을 잘하는 게 아니었어요. 체육과 학생들 정말 날아다닙니다. 그때 당시 좌절감을 느끼며 '나는 이론 수업에 집중하자'로 마음을 굳혔습니다.

잘하는 거 겨우 하나 찾았는데, 남들보다 잘하고 싶은데… 좀 잘한다 싶으면 더 잘하는 애가 튀어나옵니다. 그때 저의 선택은 쿨하게 그만두는 것이었어요. 검도도 그랬고, 태권도도 그랬고요.

하지만 그만두는 게 꼭 나쁜 것만은 아닌 거 같습니다. 새로운 기회를 포착할 수 있는 순간이 되기도 하니까요.

그럼 포착의 순간으로 가시죠!

대학 가서 발표 수업을 했는데, 친구들이 다 저만 쳐다봅니다. 제게 '발표를 잘했다.'고 칭찬도 해줍니다. 이제 조별 수업 중에 발표는 항상 제 담당이 되었지요.

그렇게 시간이 흘러 흘러 '강사'라는 직업을 갖고자 열심히 교육을 받았고, 강사를 준비하기 위한 학생들 중 제가 시범강의 1등을 한 것이 아니겠어요??

드디어 재능을 발견했다고 생각했기에 저는 인생 플랜을 짜기로 했습니다. '최고의 강사'가 되기 위한 밑그림을 그리기 시작했지요. '〈아침마당〉 나가기', '〈세바시〉 나가기' 등등의 미래 목표를 세우며 최고의 강사가 되겠다고 결심했습니다. 비록 시간당 강사료가 지금은 이렇지만,

```
2014년도에는 ○○원

2015년도에는 ○○원

2016년도에는 ○○원

2017년도에는 ○○원

2018년도에는 ○○원
```

이런 목표까지 정해놓았지요.

하지만 모든 것이 계획처럼 쉽진 않았습니다.

순간순간 자존감이 바닥을 치기도 했습니다. 게다가 프리랜서 강사는 한 달 한 달 먹고살기 힘듭니다. 게다가 비수기도 있고요. 명절이 끼어있는 달은 강의도 많지 않습니다. 정기적으로 나갈 수 있는 업체를 잡기 위해 수없이 많은 제안서를 써야 되고요 모든 강사가 그런 건 아니고요^^;; 제가 능력이 부족하다는 거지요. 그럼에도 불구하고 여태 살아왔던 중에 가장 오래, 가장 열심히 하고 있는 일이네요.

강사라는 직업을 선택한 이후로 '최고가 되겠다'라는 마음을 늘 품고 살았습니다. 이러한 마음은 제 자신을 지속적으로 움직이게 하는 원동력이 되었지요.

근데 언제부턴가 이 마음은 제 어깨를 짓눌렀습니다. '난 언제 최고가 되지? 난 어떻게 해야 위로 올라갈 수 있을까?' 이런 고민이 늘 저를 따라다녔기 때문이지요.

오늘 어떤 당신 이었나요?

어깨의 무거운 짐을 한 번에 내려놓을 수는 없었지만, 어깨가 피로하다는 것을 깨닫고 조금씩 내려놓게 된 계기가 있었습니다.

양평에 있는 수련원에서 강의를 한 날이었습니다.

5월이었고 참 좋은 날씨였어요. 강의가 끝나고 기업의 담당자가 "저희 수련원 주변이 너무 예뻐요. 한번 둘러보고 가세요."

"네"라고 대답은 했지만, 배터리가 방전될 만큼 피곤했기에 집으로 바로 가겠노라 결심했었지요.

'빨리 집에 가서 침대에 누워야지!'라는 마음으로 주차장으로 가고 있는데 또 담당자를 만났네요.

"꼭 둘러보고 가세요."라는 담당자의 말.

'아 진짜… 짜증 나… 근데 또 만나면 어쩌지?! 둘러보는 척이라도 해야겠다'고 생각하며 그곳을 돌기 시작했습니다.

파란 하늘, 흐르는 물, 울창한 숲.

핸드폰을 꺼내 사진을 찍고, 남편에게 보내며 "너무 예쁘지?"라고 묻는 저는 언제 짜증났냐는 듯 행복한 순간을 만끽하고 있었습니다.

'우와 예쁘다!'

'외국에 온 거 같아.'

한참을 걷다가 벤치에 앉았습니다. 편히 앉아 있다 뒤를 돌아보니 꽃이 야리야리하게 피어있네요. 어쩜 자연의 색은 이리도 아름다운지요!

꽃 사진을 찍는 건 나이들어감의 증거라는데…

벤치 뒤에 예쁘게 숨어 있는 '너'

오늘 어떤 당신 이었나요?

가만히 꽃을 쳐다보고 있으니 꽃이 쓸쓸해 보이기도 합니다.

> "혼자 쓸쓸하겠다. 저기 꽃도 많고,
> 잘 보이는 곳에 피었으면 좋을 텐데… 외롭지 않니?
> 근데 네가 여기 외롭게 숨어 있으니
> 벤치에 앉은 내가 뜻밖에 즐거움이 있네. 고마워!
> 너는 어떤 꽃이 되고 싶었니? 1등 꽃이 되고 싶었니?
> 혹시 꽃박람회에 있고 싶었어?
> 모든 꽃들이 다 박람회에 가버린다면,
> 지친 마음으로 한 바퀴 걷던 나는 너를 못 보았겠지….
> 넌 내게 기쁨이 되었어! 너무 아쉬워는 하지 마…."

집에서는 개랑 대화를 하더니 그 날은 꽃과 이야기를 했네요. 머릿속에 이런 생각이 듭니다.

'모두가 다 김미경 강사이고, 김창옥 강사이면 작은 곳에서는 강사를 어떻게 불러?

나 같은 사람들이 깔아줘야 잘 나가는 강사도 존재하는 법!'

저 역시 눈에 잘 띄지 않는 곳에 피어있는 꽃이지만, 벤치에 앉았다가 저를 발견하고 위로가 될 수도, 기쁨이 될 수도 있겠다는 생각에 참 행복했습니다. 어쩌면 원래부터 벤치 뒷자리가 제 자리였을지도 모릅니다. 걷다가 한숨 쉬어가고자 벤치에 앉은 이에게 뜻밖에 기쁨을 주는 게 제 역할일지도요.

편하게 받아들이기로 했습니다. 최고 강사가 아니면 어떤가요? 꼭 TV에 나와야 하나요?

그렇다고 대충 살겠다는 것도 아닙니다.

그저 이 벤치 뒷자리도 기뻐하면서 시들지 않기 위해 제게 물을 주고, 햇빛을 받기 위해 노력하다 보면 이 벤치 자리를 기억하고 찾아오는 사람이 생기지 않을까요?

그저 이렇게 지금 자리를 감사하려 합니다.

그리고 이 마음을 아이에게도 쏟아보려 합니다.

'우리 아이가 1등이 아니면 어떤가요? 그 분야에서 최고가 아니어도 어떤가요?

누군가를 빛나게 하는 자리도 참으로 아름다운 자리라는 것을 깨닫고, 그 위치에서 자신의 향기를 내면 되니까요'

딸아! 엄마는 네가 어느 자리에 있건 아름다운 향기를 뿜으면서, 사랑하고 위로하는 사람이 되길 기도할게!

작가 지망생

작가 지망생인 저는 블로그에 글을 연재합니다.

블로그 친구도 별로 없고, 찾아와서 보는 사람도 많지 않지만 '발행' 버튼을 누르기까지는 초조한 마음입니다.

'발행'을 누르기 전 제가 하는 의식이 있습니다.

"여보~~~ 나 글 다 썼어. 읽어봐 줘."

남편이 만사 제쳐놓고 제 글을 봐줄 거란 생각은 오산입니다.

"잠깐만~ 빨래마저 개고."

"잠깐만~ 읽던 챕터까지만 읽고."

"잠깐만~ 보던 야구 하이라이트만 보고."

"잠깐만~ 핸드폰 검색하던 게 있어."

남편의 '잠깐만' 시간을 기다리는 동안 저는 쓴 글을 다시 한 번 읽어봅니다. 기다리던 남편은 제게 와 "어디 줘봐!" 하고 노트북을 받은 뒤 천천히 읽기 시작하면, 그 옆에서 숨죽이며 남편의 반응을 살펴보곤 하지요.

다 읽은 남편은 저를 보며 "잘 썼어."라고 한마디 한 후, 글을 읽기 전에 한 일을 이어서 합니다. 야구를 다시 본다거나, 책을 다시 읽는다거나….

저는 뭔가 아쉽더라구요.
"오빠~ 그냥 잘 썼다고만 하지 말고~~ 오빠 무슨 생각이 들어? 무슨 느낌이냐고!!!"
남편은 눈을 위로 잠시 뜨면서 고민하는 척하다가 "출근할 때 읽고 싶은 글이야~!"라고 대충 이야기합니다.
남편의 성의 없는 대답에 눈을 치켜뜨고는 "저번 글에는 퇴근할 때 읽고 싶은 글이라더니, 오늘은 출근이야? 맨날 출근, 퇴근, 점심시간 돌려서 말하고!!! 오빠 느낌이란 게 없어? 글을 읽고 든 생각이 있을까 아니야! 별로면 별로다 공감이 안 된다고 말을 해주던가."

남편은 저를 쳐다보며 웃더니… "난 네가 글 쓸 때가 제일 좋아. 그냥 계속 글만 쓰면 안 돼? 저기 책상 가서 말 안 하고 글 쓸 때가 제일 이쁘더라. 가서 글 더 써!"

남편에게 살짝 토라진 티를 내고 싶었습니다.
"오빠한테 이제 봐달라고 안 할 거야. 잠잘 때랑 글 쓸 때만 제일 이쁘지?? 말 시키지 말라는 거지?? 흥~~~!!!!"

오늘 어떤 당신 이었나요?

토라진 저는 남편이 가장 이쁘다고 말하는 글쓰기 모드에 집중하고 있었습니다.

그런 저를 향해 부드러운 목소리로 남편이 제 이름을 부릅니다. "한나야…"

다소 진지한 표정을 짓더니 "한나야! 너 밥 먹을 때 음식 맛 어떠냐고 물어보면, 맛있으면 맛있다 하잖아. 밥 먹을 때마다 묘사하니? 소고기 먹을 때 '어머~ 소가 들판을 뛰어놀던 맛이야!' 이러면서 먹을 때마다 묘사하냐고? 글 읽어보라고 하고 왜 그렇게 어려운 질문만 하는 거야?! 그냥 좋다고…"

한참 웃으며 남편 말에 공감합니다.

그리고는 혼자서 생각을 해 봅니다.

'엄청 인정받고 싶었나 봐… 처음 써보는 글에 대한 두려움이 컸기에 그랬구나….'

글을 쓰고 나면 '다른 사람들이 내 글을 어떻게 볼까?'라는 걱정스러운 마음이 너무 컸나 봅니다. 좋아서 쓰는 글이라고 하더니 '인정'은 무지하게 받고 싶었나 봐요. 저만 그런가 싶어서 인터넷에 '인정받고자 하는 욕구'라고 검색을 해봤습니다.

친절한 인터넷은 이렇게 설명해주더라고요.

인간은 선천적으로 자신이 살아가는 이유에 대해 늘 어떤 확신을 필요로 한대요. 그 확신으로 인간은 '살고자 하는 의지' 즉 '생존력'을 완성한다고 합니다. 이런 살고자 하는 의지를 완성하기 위해 필요한 욕구로는 식욕, 수면욕이 있는데 이런 욕구는 생존을 위한 꼭 필요한 생리적 욕구이지요. 생리적 욕구뿐만 아니라 인간이 생존하는 데 꼭 필요한 심리적 욕구가 있는데, 그것은 바로 인정욕구라고 합니다.

우리가 남에게 혹은 자기 자신에게 어떠한 능력이 뛰어나다는 것을 인정받는 일은, 자기가 생존할 이유가 충분하다는 것을 확신하는 일이래요. 즉, 자신이 '가치 있는 존재'라는 믿음에서 오는 자신감 혹은 자부심을 갖고 살아갈 때 살맛 나고, 삶의 목표까지 만들어 간다고 하네요.

인정욕구를 통해 살아갈 맛을 느끼고, 삶의 목표까지 생긴다고 하니 '인정받는 일'은 참 중요하다는 것을 다시 느낍니다.

알고 있지만, 인정받는 일이 쉽진 않지요.

인정욕구에 대해 오래전에 스크랩해두었던 신문 기사가 생각났어요. 스트레스 클리닉을 방문했던 60대 여성분의 이야기였어요. 그녀는 오빠와 남동생 사이에 끼어 그야말로 있는 듯 없는 듯했던 넷째 딸이었는데 미국으로 이민을 가서 갖은 고생을 한 끝에 자리를 잡았다고 합니다. 그런데 어머니가 편찮으시다는 전화를 받고 수십 년 만에 귀국했다가 차마 어머니 곁을 떠나지 못하고 대소변을 받아내며 몇 년째 간병을 했지요.

그런데 그녀를 가장 힘들게 만든 것은 어머니였습니다. 오빠는 간병은커녕 병실에 전화 한 통 걸지 않는데도 어머니는 종일 오빠만 찾았던거지요.

"엄마, 내가 여기 있잖아요. 내가 바로 곁에서 몇 년째 챙겨 드리고 있는데, 왜 오지도 않는 오빠만 찾는 거예요?"

목구멍까지 차오르는 답답한 마음으로 한바탕 퍼부어대고 싶지만, 병든 어머니의 얼굴을 보면 꾹꾹 참을 수밖에 없었다고 합니다. 결국 화병이 생겨서 온몸에 열이 오르고 가슴을 쥐어뜯게 되었다는 그녀.

어머니로부터 '딸아, 고맙다'라는 말 한마디만 들으면 나을 것 같은데, 어머니는 끝내 그 말을 해주지 않고 돌아가셨다고 합니다.

〈인정받고 싶은가요? 그럼 먼저 자신에게 주문 거세요 "넌 참 괜찮은 놈이야" 14.07.26 조선일보〉

그저 '고맙다'라는 한마디를 듣고 싶었던 딸.
끝까지 오빠만 찾다 가버린 엄마가 얼마나 원망스러웠을까요?

기사의 후반을 보면 인정욕구를 해결할 수 있는 방법이 나오더라고요.

제일 이상적인 방법은 나를 잘 인정해줄 수 있는 사람, 내가 하는 일은 뭐든지 잘했다고, 최고라고 말해주는 사람을 곁에 두는 거라고 합니다.

그런 사람 있으신가요?

보통 배우자가 그런 역할을 해야 하는데 말 그대로 '남편'은 '남의 편'이지 않던가요?

역시 불가능합니다. 남편은 남편일 뿐이지요.

스쳐지나가듯 봤던 기사에는 이런 글도 있었어요.

"나조차도 돌아보기 싫고 떠올리기 싫은 상처를 그 누구인들 감당하고 싶겠는가. 다른 사람의 인정을 기대해봐야 나만 힘들 뿐이다."

그래서 어쩌라는 건가요? 기다려보세요. 계속 알려줍니다.

가장 현실적인 방법은 '내가 나를 인정하는 것'이라고 말합니다.

우리는 다른 사람의 인정을 받기 위해 애를 쓰며 살지만, 정작 우리 자신을 인정하는 데 인색하고 서투르지요.

'나도 나를 인정하지 않는데 남이 나를 챙겨서 인정해 줄까요?' 라고 묻는 글….

우리 모두 괜찮은 사람이고요.

남이 생각하는 것보다 훨씬 더 좋은 사람입니다.

스스로에게 "너 참 괜찮다" 격려하며, 자기 자신을 잘 인정하고 위로하는 사람이 어려움을 잘 극복한다고 합니다. 이런 이야기는 하도 많이 들어서 누구나 잘 알고 있지요. 다만 실천이 어렵다는 것이 함정!

어려운 것은 남편을 시켜봅니다.

"오빠!!! 우리가 스스로에게 칭찬해주고, 인정해주는 게 참 중요하대. 남들이 다 나를 인정해주는 건 아니지만, 나 자신이라도 나를 인정해줘야 된대. 오빠! 오빠 스스로를 칭찬해 주는 시간을 가져보자. 오빠 자신한테 잘했다고 칭찬하는 편지 한 번 써봐!"라며 권했던 적이 있었지요.

0.01초에 망설임도 없이 "안 해! 너나 해! 너 강의할 때 써먹을라고 그러지?"

흠… 눈치 빠른 남편입니다.

그렇다고 여기서 멈출 수 없지요.

"오빠 이거 쓰면 치킨 사줄게."

"종이랑 펜 가져와. 짧아도 되지??"

치킨 한 마리에 홀라당 넘어가 펜을 들고 쓰기 시작한 남편.

저는 식탁에 신문지를 깔고 치느님을 영접할 준비를 다 한 뒤 남편에게 가보았습니다.

띠로리… 남편이 눈물을 닦고 있는 게 아니겠습니까?

"오빠 왜 그래?? 무슨 일 있어?"

"그게 아니라… 그냥 쓰다 보니 울컥하네…."

오희야 회사생활 십년간 고생 많았다.
항상 자격지심 갖고, 자신감 없는
위축된 모습으로 지내왔지만 그래도 지금
이 자리에서 서 있는 것 자체 만으로도
자랑스럽다.
사랑하는 딸 다인이도 벌써 중학생이
됐고, 비록 빛 많이 낀 집이지만 반
빚 갚을 수 있는 점도 있으니 어찌보면
칭찬받을 수도 있는 사람이구나. 앞으로
조금더 자신감있는 모습으로 생활하고,
몇년 뒤에 뒤돌아 봤을때에도 스스로
자랑스런 모습 볼 수 있도록 살아가자!!!

자신의 이름을 부르는 그 순간 눈물이 났다는 남편.
자신의 이름은 불러본 적이 없다는 남편.
아이가 중학생이 될 동안 가장의 모습으로 달려온 남편.

오늘 어떤 당신 이었나요?

빚 많은 집이지만 발 뻗고 잘 수 있는 집이 있어 칭찬받을 만하다는 남편.

우리 부부는 눈물에 젖은 치킨을 먹었었지요.

누군가의 인정도 중요하지만,

한 번쯤은 두 손을 가슴에 모아 토닥이며,

"잘했어."

"잘했다."

"너 괜찮은 사람이야!"라고 말해주는 '나 자신'이 필요했나 봅니다.

거울 속에 비친 당신의 모습을 바라보세요.

'잘했다. 잘했어.'라는 그 한마디의 인정을 기다리고 있는 모습은 아닌가요?

기다리고 기다리다 몹시 초라해진 모습은 아닌가요?

지쳐 있었던 모습은 아닌가요?

"기다렸어? 하루하루 살아가느라… 주변 사람 칭찬해주느라 너를 못 봤네. 알고 있는데 실천이 어려웠어. 미안해. 그리고 너 고생했다. 참 잘 살았어. 애썼다."라고 말해주세요.

정말 기특하잖아요.

저도 글 다 쓰고 나면 "우쭈쭈쭈쭈~~~ 우리 한나 잘 썼네~."라고 말할 거예요!

발걸음

　회사에서 온 남편은 집에 오자마자 옷을 갈아입고, 하루 내내 못다 한 이야기를 나누느라 제일 먼저 식탁에 앉습니다. 우리의 수다가 더 힘을 내도록 차를 우리며 남편에게 묻습니다.

　"오빠! 오늘 회사에서 재밌는 일 뭐야? 빨리 말해봐~!"

　하루 내내 카톡으로는 다하지 못한 이야기들이 쏟아지는 재미난 시간을 기다렸습니다.

오늘 어떤 당신 이었나요?

오늘의 이야기 두둥 !

남편   지금 말고 전에 팀장님은 말할 때 영어 많이 썼던 거 기억나지? 그분이 말할 때 몰래 핸드폰으로 영어 단어 검색 많이 했잖아. 게다가 다른 사람들도 다 영어 섞어 써서 뭔 말인가 한참 헤맸거든. 물론 나만 영어 못하니 헤맸겠지.

나   알지~ 알지~

남편   근데 팀장님 바뀌고, 요즘 새로운 언어가 돌고 있어. 너~ 짜치는게 뭔지 아냐?

나   그게 모야? 처음 들어보는 건데.

남편   예를 들면 우리가 만들 결과물이 뭔가 부족해 보일 때 팀장님이 '이거 가지고는 짜칠거 같지 않아?' 이러셔. 근데 이제 팀장님과 회의하는 모든 사람들이 '짜친다'라는 말을 쓴다.

나   그럼 이제 영어는 안 써?

남편   이제 대세는 짜치는거야.

그제서야 저는 인터넷에 '짜치다'를 검색합니다.

짜치다 [발음 : 짜치다] 🔊 🖊   ✦ 단어장 저장

발음녹음 ?

T ▾ 📥 🖨

동사

[방언] '쪼들리다(어떤 일이나 사람에 시달리거나 부대끼어 괴롭게 지내다)'의 방언(경상).

출처: 표준국어대사전

아마도 경상도분이셔서 이 표현을 자주 쓰셨나 봅니다. 그분의 언어는 같이 일하는 많은 분들의 표현 방법을 바꿔 놓았네요.

남편의 이야기를 들으면서 작년에 있었던 일도 생각나더라고요.

제 딸은 말할 때마다 말끝에 "그치?"라는 말을 달고 이야기합니다.

동조를 구하고 싶은 걸까요?

좀 이야기하다가 "그치?"

또 좀 이야기하다가 "그치그치?"

제가 참으며 듣다 "그치라는 말 좀 안 하면 안 돼? '그치'를 너무 많이 하지 않아?!"

제 딸은 민망했는지… "알겠어."라며 조용히 방으로 들어가더군요.

그렇게 며칠이 지나고 간만에 딸아이랑 카페에 가서 수다를 떠는데 딸아이가 비장한 표정으로 제게 뭐라는 줄 아세요?

"엄마가 지금 말하면서 '그치?'를 몇 번 한 줄 알아?? 내가 엄마한테 배워서 쓰는 거잖아!!"

저는 당황해서 잠깐 멈칫하다가 "엄마가 너처럼 그치그치 그랬니?"라고 물으니 다음번에 녹음해준다고 하더군요.

결론 = 나쁜 말은 아니니 서로 태클 걸지 말자!

오늘 어떤 당신 이었나요?

생각해보면 저도 엄마가 쓰는 사투리를 잘 따라 쓰곤 했어요. 사투리뿐인가요? 엄마가 찰지게 하는 욕도 잘 사용하고 있지요. 게다가 중고등학생 시절 집 전화를 받으면 엄마 친구분들은 제가 엄마인 줄 착각할 정도예요.

제가 "엄마 바꿔드릴게요."라고 말하면 아주머니들은 "어쩜~ 말투며 목소리며 똑같네."라고 이야기하더라고요.

한창의 10대 소녀에게 50이 넘은 엄마 목소리를 닮았다는 말은 기분 좋은 칭찬은 아니기에 '에이씨' 하면서 넘어가곤 했죠.

하긴 저도 어릴 때 제 친구네 집에 전화해서 "지영아~~ 이따가 5시 30분까지 나와!"라고 이야기하면 지영이 어머니께서 웃으시며 "지영이한테 전해주마." 답변해주시곤 했지요. 정말 지영이랑 지영이 어머니의 말투와 목소리가 똑같았거든요.

그런 것도 닮는 거 보면 참 신기한 일에요~ 함께 오랜 시간을 보내며 닮나 봅니다.

전 이미 부모님의 많은 것을 닮았겠지요.

닮은 부분 중 가장 충격적이었던 것은 '식당에서의 밥 먹을 때의 모습'이 가장 닮았다라는 사실을 알았을 때랍니다. 엄마, 아빠, 저와 남편, 딸아이와 함께 회를 먹으러 갔는데 음식이 나오자마자 엄마는 "이건 먹지 마! 이건 진짜 몸에 안 좋은 거야! 이건 하나만 먹어! 짠 거야! 너무 기름기 있으니까 먹지 마!"

맛있게 젓가락을 드는 순간 짜증이 솟구쳐 오르더라고요.

그때 저희 딸이 "와~ 우리 엄마가 할머니랑 똑같이 닮았네!" 이러는데… 반박할 수가 없었어요.

'엄마를 닮은 나…'

집에 와서 생각해보니 의식하지 못한 채로 목소리, 말투, 소소한 행동까지도 닮아있다는 것에 웃음이 나더라고요.

문득 저의 딸은 '나의 어떤 부분을 닮을까'라는 생각이 듭니다.

목소리야 꾀꼬리처럼 맑은 목소리니 통과!

제 말투는 주로 상냥하니 그것도 통과!

가끔 잔소리가 많긴 해도 뭔가 도드라지는 행동은 없는 것 같고… 그냥 통과합시다!

제가 엄마를 닮은 것처럼 딸아이도 스며들겠죠.

바라는 것이 있다면, 이런 것들을 넘어 '삶을 살아가는 멋진 자세를 닮아야 할 텐데…'

- 어려움을 지혜롭게 극복하는 모습
- 넓은 마음으로 사랑하는 모습
- 맡은 일에 책임감을 가지고 성실하게 임하는 모습

나의 모습이 누군가에게 영향력을 끼칠 수 있다는 것은 참으로 감사하면서도 조심스러운 일인 거 같아요.

오늘 어떤 당신 이었나요?

영향력 하니 최근에 오디오북으로 들었던 『노르웨이 엄마의 힘』에서 소개된 '말랄라 유사프자이'라는 인물이 생각났습니다. 들었던 책의 한 부분을 인용해보도록 하겠습니다.

말랄라 유사프자이 (Malala Yousafzai) 시민운동가
출생   1997년 7월 12일, 파키스탄
수상   2014년 노벨평화상
        2014년 세계어린이상
        2014년 필라델피아 자유메달
경력   2017.04~ UN 평화대사
        2013 말랄라 재단 설립
관련정보 네이버 [지식백과] – 2014 노벨평화상 수상 17세 여성 인권운동가

2014년에 17세의 나이로 최연소 노벨평화상을 수상한 인물이랍니다. 11세에 탈레반 점령지에서 살던 말랄라는 여학생들이 교육받을 수 있게 도와달라는 취지를 가지고 익명의 블로그를 운영했고요. 2009년에는 영국 공영방송 BBC의 블로그에 여학생 등교를 금지하고 여학교를 불태우며 교육 기회를 박탈하는 탈레반의 만행을 고발하는 글을 올리기도 했지요.

탈레반의 위협을 받던 말랄라는 2012년 10월 하교 도중에 머리와 얼굴, 목에 심각한 총상을 입게 되었지만 다행히 영국 의료기관의 도움으로 기적적으로 살아났답니다.

너무 어린 나이에 평화상을 받는 것에 논란도 있었지만, 노벨 위원회는 어린 나이인데도 수년간 소녀들의 권리를 위해 싸워온 말랄라는 어린이와 청소년도 자신의 상황을 개선하는 데 직접 이바지할 수 있다는 것을 보여준 좋은 사례라고 이야기했다고 하네요.

말랄라는 지금도 아동교육과 인권을 위해 노력하는 삶을 살고 있다고
합니다.

말랄라의 용기 있는 행동은 어디서 나왔을까요?

말랄라는 여러 학교를 운영하며 교육 운동가로 활동하는 아버지의 영
향력을 받았다고 하더라고요. 부모의 삶이, 부모의 생각이 아이에게
영향을 미치고 그게 얼마나 위대한 일을 할 수 있는지… 말랄라의 삶
을 통해 생각해 볼 수 있었지요.

- 내가 무엇을 소중하게 생각하는지
- 무엇을 우선시하는지
- 무엇을 위해 고민하는지
- 무엇을 옳다고 여기는지
- 다양한 의견을 어떠한 자세로 받아들이고 있는지…

제가 쓰고 있는 에너지의 방향을 누군가는 바라보고 있습니다.

그리고 그 방향을 따라가려고 결심할 수도 있기에

지금 가는 방향 한 번 더 체크해야겠습니다.

오늘 어떤 당신 이었나요?

踏雪野中去(답설야중거)

눈 내린 들판을 걸어갈 때

不須胡亂行(불수호란행)

함부로 어지러이 발걸음을 내딛지 말라

今日我行跡(금일아행적)

오늘 내가 남긴 발자국이

遂作後人程(수작후인정)

뒤에 오는 사람의 길이 되리니

– 서산대사

6곱하기 7은 43

전에 아빠가 그런 이야기를 해주신 적이 있어요.

한나야~ 5 곱하기 7이 몇이냐? 35

그럼 6 곱하기 7은 몇이냐? 42

근데 누군가 너에게 와서 43이라고 하면 어쩔래? 그럼 계산기 두들겨서 보여주지!

당신 계산기가 잘못된 거라고 하면 어쩔래? 음… 그림으로 동그라미 여섯 개를 일곱 줄 그린 다음, 세어보라고 할 거야!

다 세고 나서 '43개구먼'이러면? 인터넷으로 구구단 찾아서 보여줄 거야!

인터넷이 잘못된 정보라고 하면? 몰라!!!!

옛날에 그런 사람이 있었대. 6 곱하기 7이 43이라고 우기는 사람 말이야.

누군가가 42라고 알려주니 43이 맞다고 끝까지 우기다가 마을의 원님을 찾아가자고 했대.

"원님! 원님! 이 무식한 자가 6 곱하기 7이 42라고 합니다. 43인데 말이지요. 아무리 알려줘도 도통 알아먹질 못하니 답답해 죽겠습니다. 지혜로운 원님께서 누가 맞는지 대답을 해주십시오"라고 이야기했다는 거야.

원님이 뭐라고 했을까? *그러게, 뭐라고 했을까?*

"6 곱하기 7이 42라고 한 자에게 곤장을 한 대 쳐라!"라고 그랬대.

43이라고 우기던 사람은 신이 나서 집에 갔겠지? 42라고 말하던 사람은 한 대 맞고 나니 너무 억울한 거야. 그래서 원님에게 찾아가 물어봤대. "원님! 원님! 너무 억울합니다! 6 곱하기 7은 42인데 왜 제가 맞아야 합니까?"

그때 원님이 뭐라고 한 줄 아니? *원님도 구구단을 모르나?*

원님이 이렇게 대답했대. "억울하겠지만 그냥 한 대 맞고 끝내게나! 저리 우겨대는 사람을 어찌 이기겠는가?"

이 허무하고도 어처구니없는 이야기를 듣고 나니 10대 시절 제 모습이 생각납니다.

중학교 시절 친구네 집에 가서 놀고 있을 때, 귀에 들리는 종소리 '딸랑딸랑'

그 당시에는 두부 아저씨가 '딸랑딸랑' 소리를 내며 두부를 팔았지요.

"딸랑딸랑~ 손두부 손두부~"

저는 친구에게 이야기합니다. "너희 동네 손두부 아저씨 오시네~"

그때 친구는 쏜살같이 "아냐~ 순두부 아저씨야!"

저는 다시 목소리를 높여 "내가 방금 손두부 손두부 들었는데…??"

친구는 뭔가 확신하는 듯이 말합니다. "야 우리 엄마가 저 순두부 자주 사 와서 알거든."

저는 자존심이 상했습니다. 왜냐면 저희집 대대로 귀가 아주 밝거든요.

혹시 〈소머즈〉 아시나요? 〈600만불의 사나이〉처럼 사고로 사경을 헤매다 바이오닉 기술로 다시 태어나 힘도 세고, 엄청난 청력을 가진 여성이지요.

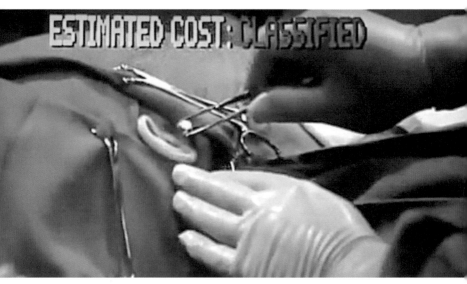

외화 〈소머즈〉 귀에 뭘 넣었는지 모르지만, 엄청난 청력!

오늘 어떤 당신 이었나요?

귀가 어찌나 밝은지 우리 자매는 서로를 '소머즈'라고 부를 정도였지요.

'소머즈'라고 불리는 제가 똑!똑!히! '손두부'를 들었는데, 아니라고 하니 답답한 마음이 들더군요. 결코 지고 싶지 않았던 저는 자신감 있게 "얼마 걸래?"라고 물었습니다.

친구는 어이없다는 표정으로 "500원 걸어!"

500원 따위에 저의 청력을 시험하려 하다니… 매우 불쾌했습니다. 자존심이 걸린 일이었기에 "나는 남은 세뱃돈 13,000원 다 걸래!"

친구는 살짝 당황한 듯 보였지만 배짱을 보입니다. "야! 나도 매번 순두부 먹는데~ 내 말 안 믿냐? 그래 13,000원 걸어!"

그리고 다음 주 목요일이 되어 학교가 끝나자마자 친구네 집 앞에서 두부 아저씨를 기다렸습니다. 놀지도 못하고, 바닥에 앉아 멍하니 두부 아저씨를 기다리던 두 여중생.

그때 소리가 들립니다. "딸랑딸랑~~~"

저희 둘은 초긴장한 상태로 목을 앞으로 빼고 귀를 쫑긋 세워봅니다.

"딸랑딸랑~~ 손두부 손두부"

그럼 그렇지요. 소머즈 귀에 까불다니 말이나 됩니까?!

저는 자리에서 일어나 "야호~~ 손두부"라고 외치며 좋아하니, 친구는 "야 나는 아직 못 들었으니까 조용히 해!"라고 말하며 무서운 눈으로 저를 째려보더라고요.

저는 이긴 자로서 여유를 갖고 조용히 쾌재를 불렀습니다.

다시 들리는 종소리

"딸랑딸랑~ 순두부 순두부~"

헐⋯⋯⋯ 이 아저씨 뭔가요?

손두부도 팔고 순두부도 팔고⋯.

그저 친구는 '순두부'만 먹었던 거고,

저는 '손두부'만 들었던 거고⋯.

멋쩍은 저는 책가방을 챙겨 집으로 향했고, 그 이후로 사이가 서먹해진 저희들은 같이 놀지 않았습니다.

어느 정도의 시간이 흐른 뒤 그 친구는 저를 부르며 이렇게 이야기를 했습니다.

"너 나 피하냐? 두부 때문이야? 손두부로도 들을 수도 있고, 순두부로도 들을 수도 있지!"

'손두부로도 들을 수도 있고, 순두부로도 들을 수도 있지!'

그 말을 듣는 순간, '너와 내가 다르게 들었다는, 어렵지 않은 이 말을 나는 왜 하지 못했을까?'라는 생각을 했습니다. 저는 뭘 그렇게 이기고 싶었던 걸까요?

성인이 된 지금도 친구의 목소리가 또렷하게 기억에 남습니다.

우리는 관계 속에서 다양한 사람을 만납니다. 그중 함께하고 싶은 사람이 있는 반면 함께 하기 힘든 사람이 있지요.

'함께하기 힘든 사람은 어떤 사람인가요?'라는 질문에는 다양한 답변이 쏟아집니다.

그중에서도

- 자기 말만 하는 사람
- 자기주장과 고집이 센 사람

이 비슷한 두 가지 답변을 들었을 때 '이건 난데?'라며 제 이야기를 하는 거 같아 얼굴이 뜨거웠습니다.

내가 옳다고 믿는 것, 내가 참이라고 알고 있는 것에 대해 어찌나 큰 목소리로 외쳤는지 몰라요. 마치 제가 뭐라도 된 것처럼 '무지한 당신들에게 알려주리라'라는 교만한 마음이었겠지요.

아주 오래전 딸아이가 유치원을 다닐 때 읽어주었던 책이 떠오릅니다.

동네 소문난 심술꾸러기는 사이가 좋은 두 친구의 사이를 갈라놓고자 결심합니다.

대체 어떤 계략으로 두 친구의 사이를 갈라놓을까요?

다음 날도 심술꾸러기는 모자를 쓰고 밭으로 갔어요.
그런데 이번에는 좀 이상한 모자를 썼네요.
한쪽은 빨간색, 반대쪽은 파란색.
오른쪽에 있는 소년이 심술꾸러기를 보고 생각했어요.
'모자가 빨간색이네?'
왼쪽에 있는 소년도 심술꾸러기를 보고 생각했지요.
'모자가 파란색이네?'

글 아니아

칸트 키즈 철학동화 『너만 옳은 것은 아니야』 中

한쪽은 빨간색, 반대쪽은 파란색의 모자를 쓴 심술꾸러기.
오른쪽에 있는 소년은 "모자가 빨간색이네?"라고 생각하고,
왼쪽에 있는 소년은 "모자가 파란색이네?"라고 생각했지요.

오늘 어떤 당신 이었나요?

결국 서로가 본 색깔을 이야기하다 싸우는 지경까지 이른 두
친구.

"무슨 소리야! 내가 확실히 봤는데!"

"틀림없어!"

"내가 똑똑히 봤다고!"

싸움의 끝에 자신의 말을 믿지 않는 친구를 향해 "넌 친구도 아
니다!"라고 말해버립니다.

그래도 다행히 저처럼 내기는 안 하는 친구들이네요.

누군가가 먼저 "너는 빨간색으로 봤니? 나는 파란색으로 봤는
데… 내가 잘못 봤나? 그럴 수도 있겠다."라고 말했으면 좋았을 텐
데 말이죠.

이게 참 어려운 일인가 봅니다.

의견 충돌이 있을 때 고민을 해야 할 필요성을 느꼈습니다.

충돌이 있는 그 순간,

'내 목숨에 위협이 가는 일인가?'

'우리 가정에 문제가 될 수 있는 일인가?'라는 고민.

그게 아니라면 '그래? 그렇게 생각할 수도 있겠다.'라고 말해보자!

그러나 생각만큼 잘 안 되더군요. 생각은 늘 앞서지만 몸이 잘 안 움직이더라고요.

그래서인지 아이와 잦은 의견 충돌이 있었고, 지금도 있습니다.

아이는 커가는 과정 속에서 빨간색만 봤을 수도 있습니다. 그러나 저는 좀 더 오래 살았다고, 좀 더 아는 게 많다고 빨간색과 파란색이 섞인 걸 마치 다 아는 것처럼 아이에게 훈수를 둡니다.

심지어 빨간색이라고 우기는 아이에게 윽박을 지릅니다.

그래도 우기면, 한 대 쥐어박을 때도 있었습니다.

그래도 우기면, 소리를 지르며 '저 방으로 가!'라고 외칠 때도 있었지요.

다시 생각해보면 관계만 망가지고 좋은 게 하나도 없습니다.

그렇다고 제 말을 듣고 파란색이 있다는 걸 아이가 인정해주는 것도 아닙니다.

기분 나빠서라도 빨간색만 고수하더군요.

'그래! 그렇게 생각할 수도 있겠다.'라는 생각을 충돌 시점에 빨리 기억해내야 합니다.

여러분! 인간의 몸의 몇 퍼센트가 물로 이루어졌는지 아세요?
당연히 70퍼센트 아닙니까?
저희 딸이 묻더라고요.
"엄마! 사람 몸에 몇 퍼센트가 물인지 알아?"
저는 명쾌한 목소리로 "70퍼센트!"
딸은 "엄마~ 틀렸어!!!! 80퍼센트야!"

이런 이 바보 멍청이 같으니라고….
저는 바로 "70퍼센트거든~ 핸드폰 갖고 와서 검색해볼래?"라고 말하고 싶었지만, 생각해보았습니다.
'생명의 위협이 되는 문제인지….'
'우리 가정에 문제가 될 수 있는 일인지….'
아니더군요!
그래서 좀 더 멋지게 대답해봤습니다.
"다민아! 엄마는 70퍼센트로 알고 있었는데, 80퍼센트인가? 과학의 지식은 바뀔 수 있으니 엄마가 틀렸을 수도 있어. 혹시 알게 되면 엄마도 알려줘!"

그때 저는 딸아이의 입에서 더 멋진 답변을 들었습니다.

"엄마! 내가 틀렸을 수도 있어."

우리가 맞다고 이야기하는 것도,
우리가 틀렸다고 이야기하는 것도,
그저 딱 내가 볼 수 있는 만큼, 내가 아는 만큼입니다.

생명의 위협이 없다면,
관계를 깨버릴 만큼의 중대한 일이 아니라면,
"그래~ 그렇게 생각할 수도 있겠다."라고 인정해 주는 건 어떨까요?
그리고 내가 틀릴 수도 있잖아요.

어차피 우겨대는 사람 못 이깁니다.

오늘 어떤 당신 이었나요?

끈기가 없으며…

오래간만에 등산으로 가족 단합대회를 했습니다.

오이를 길쭉길쭉 잘라 담고, 껍질을 깐 단밤도 한 통 담고, 목을 축일 생수병 하나를 남편의 가방에 넣고는 가벼운 마음으로 출발합니다.

이번 등산에서는 반드시 '형제봉'을 찍고 오리라는 굳은 결의를 다졌습니다. 그러나 이 결의를 실천하기 위해서는 차가 필요합니다. 차로 중간 정도 가고, 중간지점쯤에서 시작되는 등산로를 통해 목적지에 도착하는 합리적인 방법을 선택했습니다.

허걱…. 그런데 등산로가 폐쇄되었다네요.

스마트한 남편은 지도를 보더니 "아빠만 믿어!"라며 다시 운전대를 잡습니다. 남편이 길 찾는 거 하나는 정말 잘합니다. 제가 전화로 여기 무슨 건물이 보이고, 어쩌고저쩌고하면 잘 찾아옵니다. 내비게이션이 없던 연애시절, 방향 감각이 없는 저는, 지도 하나로 길을 찾는 남편 모습에 홀딱 반했답니다.

부릉부릉 하고 높은 곳을 향해 차를 돌리더니 등산로 입구를
찾아낸 남편.
"자 이제 가는 거야!!"
한 걸음, 한 걸음 나무 냄새와 흙냄새를 맡으며 시작한 등산.
기분이 좋아 사진도 찰칵찰칵!

오늘 어떤 당신 이었나요?

물이 흐르고, 바람 소리도 들리는 이곳이 참 좋았습니다.

이제 '형제봉'을 향해 가야겠지요?

남편은 앞장서서 저희를 진두지휘합니다.

"이쪽으로 와."

심지어 길이 안 좋아 보이면, "여기 미끄러우니까 이거 밟고 와!"라고 하나하나 알려주는 듬직한 남편. 전 그런 남편이 참 좋습니다.

산에 가면 사람들이 많이 있는데, 오늘은 신기하게도 등산로에 사람이 단 한 명도 없었습니다. 올라가다 보면 길 안내판도 있는데, 없더라고요.

그러나 당황하지 않아도 됩니다. 인간 내비게이션과 함께하니까요. 핸드폰으로 지도를 보는 남편의 손은 참으로 매력적이기까지 합니다. 매력적인 남편의 손이 위로 향하더니 뭔가를 가리킵니다.

"저기 빨간 끈이 있어. 길이 있다는 거니까 저기로 가자!"

우리는 그 빨간 끈을 보며 천천히 걸어 올라갔습니다.

'빨간 끈! 길이 있다는 것!'

사람들이 다닌 길은 보통 흔적이 있기 마련입니다. 예를 들면 지난 간 곳에 길이 나있다거나, 낙엽이 치워져 있다거나 등등….

그러나 우리가 가는 길은 온통 낙엽이 이불처럼 덮여 있고, 가파르기만 한 길들….

그저 가끔 보이는 빨간 끈….

무서웠습니다.

남편은 길 찾느라 핸드폰에 정신이 쏠려 있었고, 겁이 난 저는 "이거 길 맞아? 근데 어째 길 아닌 거 같지 않아?"라는 말만 되뇌었지요.

제 말을 들은 딸아이는 "엄마~ 아무도 없는 게 조금 이상하긴 해!"라고 응수해주더라고요.

저는 남편에게 외쳤습니다.

"오빠 여기 너무 무서워. 표지판도 없고, 길이 너무 가파르고 올라가기도 힘들어."

어느 정도로 올라가기가 힘들었냐면 올라가는 길에 밧줄이 있었습니다. 밧줄 잡고 올라가라는 거죠. 가벼운 등산일 거라는 판단에 슬립온을 신고 온 저는 미끄러지고 넘어지고의 반복이었습니다.

남편은 이런 제게 용기를 북돋아주네요.

"형제봉 가야지!! 지도 보니까 금방 나올 거 같아! 갈 수 있어. 가자!"

네! 따라가야죠. 대장님 말씀 들어야죠.

가팔랐기에 그리고 미끄러웠기에 딸아이도 넘어집니다. 뒤에서 딸이랑 저는 서로를 붙잡아 주고, 위로해줍니다. 이번엔 제가 세게 넘어져 바닥에 주저앉으니 딸아이는 제게로 와 "엄마 괜찮아? 안

아파?" 하며 손을 내밀어 주네요. 가족 단합에는 등산이 최고인가
봅니다.

하지만… 단합이고 나발이고 간에 넘어진 곳이 아픕니다.

울먹거리며 "오빠 나 너무 무섭고, 여기 길 아닌 거 같아. 우리
조난 당하면 어떡해… 진짜 무섭다고…."

우리 대장님은 끈기가 있습니다.

"여기까지 왔는데 너무 아깝잖아. 도착해서는 좋은 길로 가자.
그리고 우리 차있는 곳까지 택시 타고 가면 되잖아."

남편의 끈기로 계속 가파른 길을 오르고 오르고 또 오르고, 밧
줄을 잡고, 서로 손에 손을 맞잡고 올라갑니다.

이런 힘든 상황을 의식한 걸까요? 대장님은 혼자 앞질러 올라가
보고는 우리를 향해 뒤를 돌아보며 다시 명령합니다.

"계속 가파르고, 위험하겠다. 내려가자!"

"할~렐~루~야!"

내려가는 길도 순탄치가 않네요. 가파른 길이었기에 넘어지지 않
고자 셋은 손을 맞잡고 서로를 붙잡아주며 내려와야 했습니다.

그런데 힘들게 내려온 저희를 향해 대장님이 뭐라는 줄 아십니까?

"여보랑 다민이만 아니면 난 끝까지 가봤을 텐데… 너무 무서워

하고, 못 따라와서 내려온 거야. 여보는 궁금하지도 않아?"

저는 눈을 흘기며 "오빠! 우리가 넘어지는데도 이렇게 험난한 길을 가고 싶어? 나는 5분 가보고 아니다 싶으면 바로 내려왔어. 나도 오빠랑 가니까 그만큼 가 준거야! 무슨 소리 하는 거야? 내가 얼마나 무서웠는지 알아? 조난 당하면 먹으려고 단밤도 개수 세 가면서 아껴먹었거든. 뱀이라도 나타나면 어떡할 건데??"

그래도 내려왔기에 편안한 마음으로 남편과 쿵작쿵작 말씨름을 벌이면서 오이를 우적우적 씹어 먹었습니다. 걸으며 옆을 보니 또 다른 '등산로 입구' 표지판이 보입니다.

"오빠!!! 저기인 거 같아. 우리 저기로 가볼까?"

가파른 산으로부터 벗어났다는 안도감이 있어서인지 새로운 등산로에 도전할 수 있었습니다. 그곳에는 강아지와 함께 등산을 하시는 분도 계셨고, 많은 사람들이 다녀간 흔적을 볼 수 있었습니다.

걷다 보니 물소리도 들립니다.

참 잘 왔습니다. 바로 '여기야!'라고 외칠 수 있는 좋은 곳!

이제야 핸드폰을 꺼내 사진을 찍기 시작합니다. 계속 올라가다 보니 유적지도 있더군요.

오늘 어떤 당신 이었나요?

끈기가 없으며…

다음에 꼭 다시 오자는 약속과 함께 저녁을 먹기 위해 하산했습니다.

차에 올라타서 남편에게 물어봤습니다.

"오빠 진짜 우리 없었으면 끝까지 가파른 산을 올라갔을 거야?"

남편은 "난 끈기가 있으니까 가지⋯ 궁금하잖아~"

뭐지? 난 끈기가 없다는 건가?

① 헬스장 1년 치 등록하고 3일 가고 안감

② 필라테스 1년 치 등록하고 안 가다가 친구 언니에게 팜

③ 영어책 사다만 놓고 공부는 안 함

④ 화상영어 6개월 치 등록하고 열심히 하는 듯했지만 조카에게 넘김

이것뿐만이 아니라 10대 때에도 마찬가지였지요.

⑤ 독서실 다닌다고 돈 내놓고 안감

⑥ 학원 수강등록하고 안감

⑦ 학교도 잘 안 감

뭔가 끝까지 하는 게 없는 거 같아요.

돈 아까워서라도 해야 하는데⋯.

그래서인지 제 자신을 생각하면 늘 게으르고, 끈기 없고, 지속적

이지 못한 사람이라는 것을 잘 알고 있어요. 뭐든 오래가는 법이 없으니까요.

근데 저만 그런 게 아니더라고요. 제가 운전하면서 라디오를 들었는데요.

정신의학과 윤대현 교수님이 청취자의 사연을 듣고, 상담해 주는 그런 방송이었어요.

〈정재형 문희준의 즐거운 생활〉에서 '해열제'

청취자의 사연은 저랑 똑같았어요.

"교수님, 저는 끈기가 부족한 거 같아요. 단체생활도 잘 적응 못하고 금방 중도 하차를 하고요. 끈기를 늘릴 수 있는 좋은 방법 없을까요?" 짧지만 강렬한 사연이었지요.

저와 같은 상황이었기에 귀를 쫑긋 세우고 들었습니다. 교수님의 답변은요~

> 끈기 있는 사람이 있으면 좋지만, 만약 방향을 잘못 설정했는데도 끈기만 있으면 굉장히 진도가 많이 나가서 끈기가 안 좋을 수도 있거든요. 그러니까 끈기가 없다는 것은 부정적으로 보일 수도 있지만, 다르게 보면 '판단이 빠르다', '이건 아닌가 보다'를 빨리 알 수 있는 거예요. 단체 생활에 잘 적응하면 좋지만, 잘 적응하지 못하면 개인적인 일을 잘할 수 있는 계기가 되기 때문에 이것 자체가 문제가 된다고 보지 않고요.

살아가는 데 있어 개인의 행복, 성공을 위해서 중요한 첫 번째 요인은 '긍정성'입니다.

똑같은 상황에 대해서 끈기라는 표현보다는 '난 단체 생활에 약하고, 목표가 명확지 않으면 금방 때려치우긴 하지만, 그만큼 빨리빨리 적응할 수 있는 능력이 있어. 아닌 건 금방 버릴 수 있는 능력이 있어.' 자신에 대한 긍정성이 필요해요.

'나는 끈기가 없어. 나는 아무것도 아니야!' 부정적으로 가는 게 문제가 됩니다.

이 답변을 들으니 그간 저에 대해 부정적인 생각을 조금은 날릴 수 있었습니다.

"맞다 맞아! 난 끈기가 없는 게 아니야. 그저 좋고 싫음이 분명할 뿐이야. 아니다 싶은 건 빨리 그만두지만, 이거다 싶은 건 열심히 하잖아.

내가 배우고자 했던 교육은 단 한 번도 지각한 적이 없는 모범 교육생이었고, 글 쓰는 것도 열심히 하잖아. 맞네! 나는 판단이 빨랐던 거야!"

다행히 라디오 내용이 생각나서 남편에게 바로 이야기합니다.

"오빠! 내가 '여긴 아니다'라는 걸 빨리 판단하고 내려가자고 이야기해서 좋지 않아? 참 다행이지? 그러니까 이렇게 좋은 곳을 왔잖아. 난 끈기가 없는 게 아니라 판단이 빠른 거야! 오빠랑 나랑은 다른 거라고!"

오늘 어떤 당신 이었나요?

자신을 표현하라고 한다면 어떤 게 떠오르시나요?

전 그저 초등학교 때 담임선생님이 저에 대해 써준 말들이 생각납니다.

'주의가 산만하며'

'집중하기 어렵고'

'끈기가 부족하며'

이러한 평가가 성인이 된 뒤에도 '그런 나'로 기억하게 합니다.

삶의 행복은 긍정성이라잖아요!

다시 한번 자신을 표현해 보세요!

- 주의가 산만하며 ▶ 주변에 관심이 많고
- 집중하기 어렵고 ▶ 호기심이 많으며
- 끈기가 부족하며 ▶ 좋고 싫음이 분명하며

나 자신을 사랑해 줄 수 있는 '나'로 다시 한번 거듭나길 바라며!

나를 사랑하는 그 시선을 가지고 우리 딸도 예쁘게 봐줘야겠어요.

- 게으르며 ▶ 아침잠이 많고
- 행동이 느리며 ▶ 천천히 생각하면서 행동하는 것을 좋아하고, 여유로움을 즐기며

좀 더 긍정성을 가지고 바라봐 주는 건 어떤가요?

먹이사슬 관계

"그 사람은 너무 자기밖에 몰라! 어쩜 그리 자기중심적인 인간
이 있냐? 진짜 배려라고는 눈곱만큼도 찾아볼 수 없어. 뭐랄까 공
감능력이 없는 거 같아… 아니 자기 물건도 아니면서 다 자기 것인
것 마냥 쓰더라고…."

  지인분이 제게 알지도 못하는 누군가의 욕을 열심히 하길래 고
개를 끄덕이며 듣고 있었습니다. 이야기를 들으면서 "정말?? 어떤
사람인데 그러는 거야?? 속상하겠다…."
  제가 이렇게 맞장구도 치고, 공감해야 하는데 그게 잘 안되는
거예요. 모르는 사람에 대한 이야기라 공감이 안 되는 게 아니라
어!처!구!니!가 없어서 안 되더라고요.

나의 속마음: 야! 너도 만만치 않거든! 남한테 자기중심적인 거 따지기가 부끄럽지도 않냐? 아이고~ 네 개념이나 탑재하세요! 지도 맨날 남의 꺼 잘만 쓰더니만….

이런 마음을 가지고 있었기 때문에 공감할 수 없었던 것이지요.

이런 경험 저만 있나요??

본인은 저한테 그렇게 행동하면서 남이 자기한테 그러는 건 아니꼬워하는 그 사람 모습이 얼마나 꼬숩던지요~ 자기보다 더 센 사람한테 당하는 모습이 얼마나 속 시원한지!!!

제 마음속엔 '너도 기분 나쁘지? 이제 너도 나한테 조심해!'라는 생각뿐이었습니다.

이런 상황 종종 있지 않던가요?

나를 화나게 하거나, 속상하게 하는 사람.

그 사람의 푸념을 들어보세요.

들어보면 나를 화나게 했던 이유와 비슷한 일로 속상해하는 경우가 종종 있다는 것을 발견하게 되었어요.

인과응보! 결국 '자기가 한 대로 받는군!'이란 생각으로 흐뭇했답니다.

그러나 흐뭇함도 잠시…

자기가 한 대로…

자기가 한 대로…

자기가 한 대로 받는 거라면 '나는 안전한가?'라는 생각이 듭니다.

제가 한 대로 받는 거라면… 이건 뭐… 밤마다 잠을 이룰 수 없는 상태가 되겠지요.

저 역시 보복의 대상으로 완전하거든요.

저의 안전함에 대해서 걱정하다 보니… ^^;;;

누군가로 인해 화가 날 때면 '나 역시 비슷한 일로 누굴 화나게 하진 않았나?'라는 생각에 빠지곤 합니다.

생각해 보면 '저도 있습니다.'

저도 그랬지요.

저도 실수했지요.

저도 상처를 줬지요.

저도 황당하게 만들었지요.

어릴 때 배웠던 '먹이사슬' 기억나세요?

관계에서의 아픔과 상처는 먹이사슬 같다는 생각이 듭니다.

날 아프게 했다고, 날 힘들게 했다고, 상처받았다고 말하는 저 역시 누군가에게 실수인지도 상처인지도 모른 체 아픔을 주었어요.

오늘 어떤 당신 이었나요?

네이버 생명과학대사전

남편과 산책을 하며 이야기했습니다.

"오빠 내가 속상한 일이 있는데 생각해보면 나도 그 일을 남한 테 한 적이 있더라. 꼭 먹이사슬 같아… 주고받고의 연속 같아."

남편은 차분한 목소리로 "그러게… 남에 대해서 쉽게 이렇다 저렇다 말하면 안 되는 거 같아. 나도 그랬을지 모르니까…."

먹이사슬 같은 아픔과 상처,
GIVE & TAKE,
주고받는 것이 일상이 된 현실에서 우리가 행복하게 살 수 있는 이유는…

누군가의 배려가 있었고,
누군가의 이해가 있었고,
누군가의 용서가 있었고,
누군가의 사랑이 있었기에...

속상할 때 기억하세요!
나도 그 속상함을 누구에게 준 건 아닌지…
그리고 또 기억하세요!
내가 느낀 속상한 마음을, 내가 받았던 '이해'와 '사랑'으로 다시 돌려주겠다고요!

반만!

3월을 기점으로 많은 일정이 들어오기 시작했네요.
이제 보릿고개는 끝나가고, 주머니 사정이 좋아질 날만 있다며
다이어리에 일정들을 채워나갔지요. 다이어리에 형광펜은 돈 버는
일정을 의미합니다. 형광펜 표시는 부의 상징이 되고요.

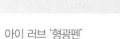

아이 러브 '형광펜'

1월, 2월에는 생활비가 부족해 보험대출도 받아서 약간의 빚이 생겼네요.

사람 사는 거 다 그런 거 아니겠어요?

3월부터 열심히 일해서 갚으면 되지요!

저의 재무 상황을 알았는지, 생각지도 않았던 업체에서 교육 의뢰가 들어왔답니다.

저의 하루하루는 형광펜으로 채워져 갔습니다. 심지어 겹치는 일정으로 의뢰받은 일을 다른 이에게까지 줘야 할 상황이 오니 씁쓸했습니다. 당장 카드값이며, 보험 대출이며, 매달 나가는 생활비를 메꿔야 하는데 간신히 들어온 일을 남에게 줘야 한다니요!!!!

그래서 저는 머리를 굴렸습니다.

꼭 하루에 두 탕만 뛰라는 법이 없습니다. 세 탕 뛰면 되는 겁니다. 그리고 오고 가는 길 빠듯하게 속도 내면서 달리면 할 수 있으니까요.

'물 들어올 때 노 젓는다'라는 말이 딱 제 상황이 되어버렸지요.

물이 매일 들어오는 거 아니잖아요. 이때 잽싸게 움직였지요.

아침 강의하고, 바로 이동해서 1시 강의하고, 미친 듯이 달려서 4시 강의하고 집에 가면 된다는 훌륭한 계획을 실천했답니다!

정말 제 자신이 대단하다고 느꼈지요.

그런데 아뿔싸!!!! 돈 버는 건 너무 좋은 일인데 제가 한 가지 놓친 게 있었더라고요!

오늘 어떤 당신 이었나요?

전혀 예상치도 못했던 거라서 깜빡했나 봐요. 바로 제가 사람이라는 것을요.

기계가 아니라는 것을요.

3월 제가 이것을 망각했을 때 얻었던 결과에 대해서 글을 쓰고 싶었어요.

보험사에 제출하기 위해 모은 최근 '병원 영수증'

2월에 간 것도 있지만, 3월에 집중적으로 병원을 계속 갔어요. 저의 3월은,

① 낫을 만 하면 다른 병이 찾아왔고
② 몸이 힘드니 하는 일-강의의 품질이 떨어지고,
③ 강의 질이 떨어지니 강의를 하고 죄책감으로 잠을 못 이룹니다.
④ 또 잠을 못 자고 아침부터 일을 가니 몸이 아픕니다.

알 수 없는 복통, 2주 이상 낫지 않는 감기, 천식, 방광염….

몸이 힘드니 알아서 강의할 때 힘이 빠집니다.
저를 아는 분은 "어디 아프세요?"라고 물어보곤 하죠.
그럼 저는 태연하게 "오늘 얌전한 컨셉으로 강의를 했어요."라고 웃으며 응수하고요.

오랜만에 일터에서 만난 강사님은 "어디 아프셨어요? 왜 이렇게 야위었어요?"

속으로 대답했습니다.
'돈 버느라고!!!!!!!!!!'
'밥도 제대로 못 먹고 뛰어다니느라고!'
'물들어올 때 노 젓느라고!'

오늘 어떤 당신 이었나요?

더 억울한 건 돈 번다고 돈을 맘껏 써보기를 했나? 쇼핑도 제대로 해본 적도 없는데… 게다가 시간도 없고 돈이 아까운 마음에 차에 앉아서 삼각김밥 하나 먹고, 약 먹는 저를 보니 어찌나 서글프던지요.

네 서글펐어요. 슬펐어요.
저는 그저 단순하게 기름칠해주고, 플러그 꽂고,
ON 버튼을 누르면 작동하는 기계가 아니었어요.

저는 자신을 사랑해야 했던 사람이었어요.
유일하게 제 자신을 아껴줄 한 사람이었는데 말이죠.

몇 주전이었던 거 같아요. 아침에 차에서 흘러나오는 라디오 오프닝 멘트였지요.

"테니스 선수 '페더러'는 전성기가 아주 긴 선수라고 합니다. 많은 사람들이 페더러 선수에게 긴 전성기를 만들 수 있었던 방법에 대해서 물었겠죠. 페더러는 다른 선수의 훈련량의 반만 하는 게 비법이라고 하더군요."

과도하게 무리하지 않아야 그 자리를 오랜 시간 지켜낼 수 있다고 전하는 오프닝.

마음에 와닿는 이 멘트 덕에 도착하자마자 핸드폰으로 페더러 선수를 검색해 보기 시작했어요.

로저 페더러 (Roger Federer) 테니스선수

출생 1981년 8월 8일, 스위스
신체 185cm , 85kg
데뷔 1996년 프로 전향
수상 2017년 ATP 투어 로저스컵 단식 준우승
      2017년 윔블던 테니스 대회 남자 단식 우승
경력 2014 데이비스컵 스위스 국가대표
사이트 공식사이트, 트위터, 페이스북, 인스타그램

아래 눈물을 흘리는 사진은 2018년 호주 오픈에서 그랜드 슬램 대회 우승 20회를 했을 때의 모습이라고 합니다. 한국 나이 38세로 말이지요.

20번째 그랜드 슬램 대회 우승 후 감격의 눈물을 흘리는 로저 페더러

주변에서 제기되는 수없이 많은 은퇴설과는 상관없이 훌륭한 경기력으로 팬들을 놀라게 만드는 페더러 선수.

서른도 안 된 몇몇 테니스 선수들의 다음 해 목표가 '건강'이라고 말하는 것과는 달리 오랫동안 전성기를 달리고 있는 페더러 선수의 행적은 가히 놀라움을 금치 못할 정도입니다.

'최고령!', '기록 경신!'이라는 말들은 보는 이도 감격스럽게 만드는 거 같아요.

결국 저도 페더러처럼 살려면 반만 하면 되는 건가요?

그럼 내가 능력이 부족해도 반만 하라는 거야 뭐야?

이런 생각으로 더 검색을 하다 페더러의 기사를 발견했어요!

ROGER FEDERER TRAINING
HALF-DAYS TO LIGHTEN WORKLOAD
연습 부담을 줄이기 위해 하루의 반만 훈련하는 페더러

"Of course, your game needs it—your game needs a lot of tennis, you need a lot of fitness so you don't get hurt as often."

"물론 경기에는 여러 가지 테니스 기술과 많은 연습량이 필요하죠. 그래야 자주 다치지 않을 테니까요."

Now, Federer jokingly questioned whether he can still be considered a full-time player, just practicing for half a day on a regular basis.

그러고 나서 페더러는 농담조로 자신이 반나절만 훈련하는데도 풀타임 플레이어라고 할 수 있는지 물었다.

"And then as you get older... it becomes more quality-orientated, and not so much quantity, because quantity hurts the body. I've played almost 1,500 matches in my career so you have to be careful of that," he said.

"그리고 나이가 들어감에 따라 점점 더 질적인 면을 중요시하게 되죠. 양에 비해서 말입니다. 과도한 훈련량은 몸을 상하게 만드니까요. 전 제 커리어 전체를 통틀어 1,500경기 가까이 소화했으니 이 점을 신경 써야겠죠."

연습을 무조건 반으로 줄이는 것이 아니라 '자신의 상태를 먼저 인식하고, 자신을 지킬 수 있는 수준을 아는 것'이 지금까지의 페더러를 있게 한 것이 아닌가 생각해봅니다.

힘든 건 아닌지, 무리가 되는 건 아닌지 한번 돌아보세요.

지금 많이 달려나갈 수 있지만, 빨리 지칠 수 있어요.

누군가는 제 글을 보면서 "프리랜서니까 자기 맘대로 조절할 수 있는 거잖아! 그러니까 저렇게 말할 수 있겠지!"라고 말할지도 몰라요. 사실 회사를 다니면 꼼짝없이 정해진 시간을 채워야 하니 내 맘대로 컨트롤하는 게 어려운 일이지요. 또 많은 일을 처리해야 하는 날은 과한 노동을 해야 하기도 하고요.

다만 자신이 무리했다는 것을 아는 것.
내일은 나를 위해 조금 더 휴식을 줘야 한다는 것을 알고 마음의 여유를 가져보는 것.

그저 몸이 힘든 날에는 청소 하루 안 해도 괜찮아요.
'청소기로 들어갈 먼지들에게도 마루에서 뒹굴 수 있는 쉼을 주세요.'
또 꼼짝하기 싫을 때는 부엌에 서 있지 말고 아이에게 '밖에서 파는 김밥 하나 사주세요.'
한 끼 정도 김밥을 먹어도 괜찮아요.
그래도 미안한 마음이라면 '불고기 김밥'으로 사주세요.

비행기를 타면 승객들은 이륙하기 전 승무원으로부터 안전교육을 받잖아요.
그중 산소호흡기 착용 방법 기억나시나요?
우선 나부터 착용한다. 그리고 나서 아이들을 착용시켜준다는 거 말이에요. 내가 착용해야 누군가도 챙길 수 있다는 것!

기억하세요! 나부터 챙기자고요!

힘들어질 거 같으면 내 몸도 좀 쉴 수 있게 해주세요.

돈도 건강해야 버는 거 아니겠어요?

제가 그렇게 기침해도 남편은 옆에서 잠만 잘 잡니다!

나 대신 아파줄 사람 절대 없어요!

스스로 챙기자고요!

우리도 페더러처럼 긴 전성기 누려봅시다!

대신 반만 연습해야 되는 거 알죠?

먹고 있다면
읽지 마세요!

　공중 화장실에서 닫혀진 변기 뚜껑을 들어 올릴 때에는 나름의 스릴이 있지 않나요? 조심스레 올렸을 때 깨끗한 변기 속은 요동치는 마음에 평안을 안겨줍니다.

　남편과 지방을 가던 중 휴게소에 잠시 들러 급하게 화장실로 뛰어간 날이 있었어요. 너무 급해서였는지 닫힌 변기 뚜껑을 들어 올리는 스릴을 느끼지도 못한 채, 잽싸게 들어 올렸는데….

　아놔…. 이건 뭐 변기 뚜껑 직전까지 똥이 가득 차 있더군요. 조형물 사진처럼 말이죠.

똥 박물관에서 한 컷

게다가 몸 밖으로 나온 지 얼마 안 된 것을 느낄 수 있는 따뜻한 기운.

여는 순간 엄청난 똥의 양과 나온 지 얼마 안 된 똥의 따뜻한 기운에 화들짝 놀란 저는 변기 뚜껑을 손에서 놓쳐버리고 헛구역질을 했습니다. 반사적으로 몸은 변기로부터 뒷걸음치며 놀란 가슴을 진정시켰습니다.

다시는 뚜껑을 올려볼 자신이 없어 뚜껑이 열려있는 화장실을 찾아 볼일을 봤습니다.

이 놀란 마음을 남편에게 전달하고 싶어 뛰어갔습니다.

"오빠 오빠! 대박대박! 나 방금 변기 열었는데 뭐 있었는 줄 알아??"

남편은 초롱초롱한 눈빛으로 "뭐 있었는데?"

저는 어떻게 사실을 잘 표현할 수 있을까 고민하면서 "세상에 ~~~~~~~ 변기를 살포시 여는데~~~~~~~~~ 뜸을 들이며 똥이~!!!! 똥이!!!! 잔짜 변기 한가득! 변기 앉는데 앞까지 달팽이처럼 말려있어!!!!!!!!! 게다가 뜨끈뜨끈한 거처럼 반짝였어! 세상에 그렇게 많은 똥은 처음 봐! 나 너무 놀라서 헛구역질까지 했어! 사람 몸에서 그렇게 많이 나올 수 있다니!! 게다가 똥이 엄청 실해!"

남편은 손에 들고 있던 감자를 저에게 주며 "야! 너 다 먹어! 진짜 드럽게시리! 아오 진짜!!!"

전…… 그저…… 태어나 이렇게 어마어마한 양의 똥은 처음인지라 꼭 말해주고 싶었거든요.

결론은 '내 똥 아닌 똥은 정말 더럽다!'입니다.

전 제 똥을 관찰하는 것을 좋아합니다. 유산균을 먹고 난 이후로 더욱 건강하고, 길쭉하게 예뻐진 똥을 보며 매일 똥이름을 붙여줄 정도랍니다.

중학교 친구와의 카톡 중 – 여전히 '똥 이야기'

친구 말에 의하면 학교 다닐 때도 싸고 온 똥에 대해 표현을 했다고 하네요. 저는 똥에 대한 애정이 큰 사람인가 봅니다.

제 똥 냄새는 그렇게 나쁘지 않습니다. 근데 남편 똥 냄새는 아주 지독합니다. 그래서 남편은 계획적으로 똥을 쌉니다. 단독적으로 똥만 싸기보다는, 똥을 싼 뒤 샤워를 해서 가족 누군가가 냄새를 맡을 여유를 주지 않는 편이지요.

어느 날 화장실이 급했던 저는 남편이 화장실에 있는 것도 모르고 급하게 문을 열었습니다. 바로 그 순간! 남편은 똥을 싸고 휴지로 소중한 부위를 닦는 상황이었습니다. 반쯤 엉덩이를 든 채로 닦은 휴지를 들고 엉거주춤 서있던 그 모습.

저는 그만…… 변기에 무방비 상태로 흐트러져 있는 남편의 똥과 손 위에 들고 있는 적절하게 더러워진 휴지까지 다 보고 말았습니다. 결혼생활 15년 만에 처음 봤음
여러분 제 입에서 무슨 말이 나왔을 거라고 생각하시나요?

"아 더러워~!!!!!!!!!!!! 우웩!!!!!!!!!!!"
내 똥이 아닌 똥은 용납할 수 없기에 더럽다고 큰소리치며 말할 줄 알았는데 저의 입에서 뜻밖에 이야기가 나오는 것을 보고 놀랐습니다.

오늘 어떤 당신 이었나요?

"오빠 설사해? 배 아파? 원래 똥이 그렇게 응집력이 없어? 왜 다 해체돼있는 거야? 항상 그랬어?"

이미 다 모든 게 오픈되어버린 남편은 멋쩍어하며 "오늘 좀 그런 거야. 그니까 나가라…"

저는 아직 궁금함이 다 풀리지 않았어요. "진짜 오늘만 그런 거 맞아? 오빠 장이 안 좋은가 보다… 아무래도 내일 마트 가서 유산균 좀 사 와야겠다."

마루에 나와서는 그동안 제가 쌌던 똥의 형태를 떠올리며 비교 분석하였고, 큰언니에게 연락해 "내일 유산균 사러 마트에 같이 가자!"라고 말하는 저를 발견하였습니다.

제 똥이 아닌 똥은 다 더러운지 알았는데, 아닌가 봅니다. 이렇게 '사랑의 힘'이 큰 가 봅니다. 저는 정말 남편을 사랑하고 있다는 것을 몸소 체험했습니다.

"여보 사랑한다!"

모두가 더럽다고 느끼는 똥에서 '그의 건강'을 생각하는 저를 보며 가슴 설레는 뜨거운 사랑은 아니지만 잔잔하게 그리고 내 삶의 전체에서 남편을 사랑한다는 것을 다시 깨달았네요.

'더러운 똥의 현상'을 보기보다 '뱃속 상처'를 보았던 저는 너무 아름다운 아내 아닌가요?

가끔은 눈앞에 보이는 현상에 집중하지 말고, 그 '현상'이 나온 '과정'을 걱정해 주는 건 어떤가요?

지금 제 남편은 더럽게 코딱지를 파며 책을 읽고 있습니다. 코딱지를 파는 현상보다 저는 '코가 답답했던 과정'에 집중하며 물어봅니다.

"코 많이 답답해?"
남편은 씩 웃으며 "뭐가 있어서…."

지금 보이는 현상은 어떤 과정으로 온 걸까요?

사춘기 딸이 수학 문제를 풀면서 짜증을 너무 많이 부립니다. 짜증내는 현상만 바라보면 "짜증 그만 내고 풀어라!"라고 말하게 되지만 짜증을 내게 된 과정을 생각해보면 "많이 어렵구나. 힘드니?"라고 말할 수 있습니다.

사랑하기에 오늘도 '과정'을 보려고 노력합니다.

내가 먼저

저희 딸 오른쪽 눈의 시력은 아주 좋은 반면에 왼쪽 시력은 마이너스입니다.

그냥 두면 안 된다기에 안경을 맞췄지만, 한쪽 렌즈가 너무 무거워 안경이 불편하다는 딸.

의사 선생님께서는 안경 쓰기가 불편하기도 하고, 시력이 더 나빠지는 것을 막기 위해 밤에 자는 동안 끼는 렌즈를 추천해주셨어요. 밤에만 끼고 자면 칠판이 잘 보인다며 아이가 참 좋아하더라고요. 다만 비용이 비싸 4개월 할부를 했지요.

고가이다 보니 덜렁한 성격을 가진 아이에게 렌즈를 스스로 끼도록 선뜻 맡길 수가 없었습니다. 번거롭지만 렌즈를 껴주고, 빼주고는 저의 담당이었지요.

그런 어느 날, 아이가 "엄마, 남이 껴주면 더 무서운 거 같아. 엄마 손이 눈앞에 올 때 자꾸 눈을 감게 돼."

저는 아이의 말에 공감할 수 있었고, 아이를 믿어보기로 했습니다.

"그럼 내일부터 혼자 껴! 엄마도 편하고 좋지 뭐!"

아이를 믿기로 결심한 다음 날 언니가 놀러 왔답니다.

여느 때처럼 저녁 잘 시간이 되어 "렌즈 끼자!"라고 말하니 아이는 신경질 난 목소리로 "엄마 어제 내가 얘기했잖아. 내가 알아서 한다고! 내가 낀다고!"라며 짜증을 냅니다. 한소리 퍼붓고 싶었지만 꾹 참았습니다.

참을 인… 참을 인… 참을 인… 언니도 있었기에 참고 있었습니다.

그때 언니는 민망한 상황을 타파하고자 "내가 옆에서 지켜볼 테니까 걱정하지 마!"라고 이야기하더라고요.

그래도 마음이 상한 저는 "그래 네가 알아서 잘 껴! 똑바로 해라"라고 엄포를 놓았지요.

시간이 지나 "렌즈 꼈니?"라고 물어보는데 답변이 없습니다. "렌즈 꼈냐고?" 재차 물었지만 답변이 없습니다.

몸속에 용암이 스멀스멀 올라옵니다.

참을 인을 쓰며 안방에 누워있는데….

언니가 살그머니 안방 문을 열더니 당황한 표정으로 머뭇거리다 저를 향해 "미안해… 한나야… 다민이가 아직 익숙하지가 않았는지…. 렌즈가 그만… 렌즈가 그만… 깨져버렸어…."

오늘 어떤 당신 이었나요?

할부 4개월에서 한 번도 못 갚았는데….

내 돈… 써보지도 못한 내 돈….

그 순간 저는 미친 여자가 되었습니다.

"야~~~~~~~~~~!!!!!!!!!!!!!!!!!!!!!!!!!!!!!!!!!!!!!!!

이다민!!!

너 나와!!!!!!!!!!!!!!!!!!!!!!!!!!!!!!!!!!!!!

네가 잘 낀다며!!!!!!!!!!!!!!!!!!!!!!!!!!!

내 이럴 줄 알았어!!!!!"

저의 엄청난 고성에 당황한 언니는 "한나야…. 애가 일부러 그런 것도 아니잖아. 지금 풀 죽어 있으니까 좀만 참고 렌즈 좀 봐봐…."

대체 렌즈는 어떻게 된 건가 싶어 한번 들여다보니….

헐…………

"언니!! 이거 눈곱이잖아."

세상에나~ 눈곱이 실처럼 길게 늘어져서 렌즈에 붙으니 금이 간 거처럼 보이는 게 아니겠어요? 너무 민망합니다. 미친 듯이 소리를 질렀는데… 렌즈나 한번 확인하고 소리 지를 걸 너무 후회되더군요.

어쨌든 아이는 혼자서도 렌즈를 잘 꼈습니다. 저는 방 안에서 나가기가 멋쩍었습니다.

언니 보기도 민망, 딸아이 보기도 민망.

침대에 누워 이리 뒹굴 저리 뒹굴하다가 결심했습니다.
'아이가 잠들기 전에 말하자!'
저는 조심히 아이 방으로 들어가 "자니?"라고 물어봤지요.
딸아이는 누가 봐도 안 자는 걸 아는데 갑자기 부동자세로 자는
척을 합니다. 아마도 마음이 상했나 봅니다.
"다민아… 엄마가 미안해. 엄마가 렌즈를 보지도 않고 너한테 소
리부터 질렀어. 미안해…
많이 놀랐지? 엄마가 왜 이런 지 엄마도 잘 모르겠다.
너무 비싼 거라 많이 당황하고 화가 났던 거 같아. 근데 렌즈보
다 더 소중한 건 우리 딸인데 우리 딸 마음에 상처만 줬네. 진짜
미안하다.
맨날 좋은 딸 되라고 기도했는데…. 엄마부터 좋은 엄마 돼야겠
다. 우리 딸 미안…."

자는 척하던 아이가 눈을 똥그랗게 뜹니다.
그러고는 "눈 아프고 졸리니까 나가! 렌즈 이제 조심히 내가 잘
낄 테니까 걱정하지 마… 그리고 엄만 좋은 엄마야."

순간 마음이 너무 먹먹해집니다.

아이를 키우면서 '욱하지 말자!'를 수천 번을 다짐해도 그 순간순간의 상황에선 '생각'이란 걸 완전히 잊어버립니다.

제 자신이 너무 싫었지만, 그래도 아이를 위해 제가 할 수 있는 일은 '사과'였습니다.

저는 성질도 잘 내지만, 사과도 빨리합니다.

아는 분이 '선지랄 후사과'라는 말을 하던데, 제 얘기더라고요. 성질 안 내고 이야기해보려고 노력하지만, 때로는 렌즈사건처럼 실패하곤 합니다.

그땐 빨리 사과할 방법을 생각합니다.

성격도 급해서이긴 하지만, 사과만큼은 빨리하려고 노력하는 이유가 있습니다.

차에서 오고 가며 들었던 이민규 저자의 『표현해야 사랑이다』라는 책 덕분이지요. 감동받은 책의 한 부분을 인용해볼게요.

여러분도 자녀와 다툴 때가 있지요?

물론 원인 제공은 주로 아이가 하겠지만, 아이를 혼내다 보면 아이에게 상처를 주고 스스로도 아차 싶을 때가 있잖아요.

그럴 때 얼른 잘못을 인정하고 사과하시나요?

그게 그렇게 쉬운 일은 아니지요.

몇 년 전 청소년들에게 언제 부모님이 고맙게 느껴지는지를
물어봤습니다. 1위가 뭔지 아십니까? 맛있는 것을 사줬을 때?
용돈을 많이 줬을 때? 칭찬을 많이 해줬을 때?
모두 아닙니다.
바로 부모님이 잘못을 인정하고 미안하다고 사과했을 때입니다.
어떤 사람과의 갈등을 해결하고 거리를 좁히는 가장 효과적이고
가장 경제적인 방법은 잘못을 인정하고 진심을 담아 미안하다고
사과하는 것입니다.

차에서 이 부분을 듣는 순간 참 미안하더라고요.
'화낼 상황을 만든 건 너야!'
'네가 원인 제공했으니 이 정도는 감당해야지!'라는 생각으로 제
감정을 컨트롤하지 못한 것이 당연하다고 여겼습니다.
그래도 나름 '어른 흉내' 내겠다며 아이에게 다가가 "엄마가 아깐
화내서 미안한데, 네가 먼저 잘못한 건 알지?"라며 사과를 가장한
'잘못에 대한 인정'을 요구했던 저였습니다.

누가 먼저건, 내가 잘못한 걸 깨닫는다면 '먼저 사과하자!'는 마음.
저는 열심히 실천하려 합니다.
남편과 싸워도 '내가 먼저 사과'
아이랑 싸워도 '내가 먼저 사과'
그래서 우리집의 다툼은 오래가지 않습니다.

오늘 어떤 당신 이었나요?

어느 날 남편은 이런 질문을 제게 한 적이 있습니다.

"색시는 왜 그렇게 마음이 빨리 풀려?"

저는 마음이 다 풀어져서 사과하는 게 아닙니다. 누가 먼저 상관없이 제가 잘못한 부분이 있기 때문입니다.

게다가 이런 생각을 자주 합니다.

'자다가 죽으면 어떡하지?'

'출근하다가 죽으면 어떡하지?'

'오늘이 마지막이면 어떡하지?'

그럼 우리의 마지막은 '싸움'으로 마무리되겠지요.

남편이 기억하는 저의 마지막 모습을 '화가 나서 토라진 아내'로 남기고 싶진 않습니다.

그래서 잠들기 전에 남편의 손을 잡아줍니다.

그래서 잠들기 전에 아이의 귀에 속삭입니다.

저와 다른 성향을 가진 남편은 묵언수행을 좋아합니다.

아마도 제가 말 안 걸면 1년이고 말 안 하고 살 사람입니다. 기숙사에서 단짝 친구와 싸우고, 1년 동안 말 안 한 지독한 사람입니다.

이런 남편과 아이가 부딪힐 때가 있습니다.

물론 대부분은 저희 딸이 원인 제공을 합니다.

하지만 마지막은 감정이 격해진 남편이 아이를 위협하고 상황이 종료됩니다.

그리고는 눈물로 베개를 적시며 잠들어가는 아이.

고집 센 남편은 절대로 아이에게 사과하지 않습니다.

"에라이! 나쁜 인간아! 애는 애라지만 너는 뭐냐? 애한테 잘못된 것을 알려주고 가르쳐주는 게 부모지. 맘에 안 든다고 윽박지르고 화내고!"

이렇게 말하면 남편은 씩씩거리며 말합니다.

"솔직히 내가 잘못했냐? 내가 뭘 잘못했는데??"

차라리 묵언수행이나 할 때가 좋습니다.

남편의 마음이 수그러들 때 이야기했습니다.

"여보… 우리의 모습을 통해 아이가 배우는 거래. 누가 잘못했는지가 뭐가 그렇게 중요해? 우리가 잘못을 인정한다고 책임을 배상해야 하니? 누가 먼저 잘못했건 내 잘못이 있다면 먼저 사과하는 게 진짜 어른 아니야? 잘못했으니 좀 당해봐야 된다고 하는 마음, 그거 좋은 거 아니잖아. 우리가 먼저 성숙한 어른의 모습을 보여주자. 오빠 아까 문 쾅 닫은 거 사과했으면 좋겠어."

오늘 어떤 당신 이었나요?

네… 그렇게 오랜 설득 끝에 남편은 아이에게 사과를 했습니다.

"아빠가 아까 화가 난다고 문을 쾅 닫은 건 잘못된 행동이었어. 미안해. 아빠가 잘못했어."

그리고 뒤이어 쑥쓰러워하며 "아빠, 내가 더 미안해!"라고 말한 뒤 울먹거리는 딸아이.

누가 먼저가 뭐가 중요한가요?

그저 먼저 깨달은 사람이 하는 거지요.

근데 참 신기한 건 묵언수행 좋아하는 남편이 이제 가끔은 저보다 먼저 사과를 합니다.

조용히 다가와 제 귀에 "오빠가 미안해… 오빠가 미안해!"라고 속삭여줍니다.

늘 나만 손해 본다고 생각했는데, 억울하다 생각했는데…

먼저 다가갔던 마음들이 쌓여 저에게 다시 돌아오네요!

언젠가 돌아오는 거라면 오늘은 '내가 먼저' 어떤가요?

너도 처음?
나도 처음!

오랫동안 만나지 못한 친구를 6년 만에 만났어요.

우리는 만나기 전부터 서로 늙은 모습에 놀라지 말자는 약속을 했지요.

만나기로 한 장소에 차를 주차하고, 주차장에서 친구를 만난 그 순간 우리는

"어머~~~~~~~~~~"라는 말만 하며 서로를 부둥켜안았답니다.

너무 좋더라고요.

친구는 예전보다 살찐 제모습을 보며 '건강해 보인다'라며 칭찬 아닌 칭찬을 해주고, 저는 여전히 뽀얗고 탱탱한 친구의 피부가 최고라며 엄지를 척 내밀어 주었답니다.

할 말은 너무 많지만, 다시 일터로 돌아갈 친구를 위해 우리는 빠른 속도로 이야기를 풀어내길 시작했지요. 각자의 생활이 바쁜

오늘 어떤 당신 이었나요?

고, 다른 지역에서 살다 보니 만나는 게 쉽지 않았고, 게다가 친구는 6년의 세월 동안 3명의 아이를 출산하는지라 더 보기가 힘들었지요.

세 공주의 엄마가 된 친구.
우린 서로 친구이기 앞서 '누군가의 엄마'가 되어서 하는 이야기가 더 재밌고 편했지요.
친구는 세 아이를 키우며 힘들었던 이야기들을 하기 시작합니다.

"첫째 때문에 너무 힘들어. 첫째가 날 얼마나 힘들게 하는지 몰라. 둘째는 그냥 순하거든. 항상 큰 소리는 첫째 때문에 난다니까. 얘는 내가 싫어하는 짓만 고르고 골라서 나를 엄청 열 받게 해. 그러다 보니까 내가 화내고, 소리 지르고."

하… 저는 일찍 시집을 간 관계로 친구들이 이런 이야기를 하면… 뭐랄까? 그냥 웃음이 나요.
예전에 다 제가 겪었던 일이니까요.
도인이 된 표정으로 "애들 다 그런 거야…"라고 이야기하는 저를 발견하곤 하죠.
게다가 조언도 해요. 아주 여유로운 말투로 "야 우리딸도 그랬어… 나도 그때 이상한 줄 알고 엄청 심각했는데, 크면 괜찮더라고… 아이들도 세상을 배워가는 과정이잖아."

하지만 전 알아요. 친구는 제 이야기가 귀에 들어오지 않을 거라는 것을요.

돌이켜보면 저 역시도 딸내미로 인해 무지 골치가 아팠답니다.

심리상담 센터와 소아정신과를 전전했던 과거의 제가 있었지요.

그때는 하루하루가 힘들고, 지치고 힘들었던 삶이었어요.

친구는 더 진지한 표정으로 이야기를 하더라고요.

"게다가 애들은 얼마나 몸이 약한지… 나 닮았으면 튼튼했을 텐데~ 아빠 닮아서 약골들이야. 첫째 입원하고 퇴원하면, 둘째가 입원하고… 아주 병원에서 살았다니까."

전 아이가 한 번도 병원에 입원해 본 적이 없어서 깜짝 놀란 눈으로 "감기 걸려서 열이 나다가 어떻게 입원까지 하는 거야?"라고 물어봤지요.

친구는 "일단 며칠 동안 열이 안 떨어져서 대학병원에 가서 무슨 검사를 했는데 가와사키라는 병에 걸렸다는거야. 이게 며칠을 입원하고, 6개월 정도 심장 검사를 해야 해. 정말 하늘이 무너지는 줄 알았어. 얼마나 울었는지 몰라."

어린아이가 아파 누워있는 모습을 본다면 엄마의 마음이 어떻겠어요…

힘들었을 친구가 잘 버텨온 게 대단하다고 느낀 저는 "야… 너 정말 힘들었겠다. 그래도 애들이 이렇게 잘 큰 게 참 다행이다."라고 위로를 건네보았지요.

뒤이은 친구의 이야기

"근데 그렇게 남편이랑 울면서 간호했고 첫째는 퇴원을 했지. 아 이제 끝났나 싶었는데 둘째가 열이 오르더라고. 근데 계속 안 떨어져. 아차 싶어서 바로 대학병원 가서 검사했는데. 또 그 병이더라고… 가와사키 말이야!"

헐… "야 얼마나 놀랬니? 둘째까지 그랬단 말이야??"라고 물어보니 친구가 뭐라고 답변하는지 아세요?

"그래도 한 번 겪었다고 그렇게 놀랍지 않더라. 가와사키 이름 듣자마자 의사선생님한테 6개월 심장 검사하면서 지켜보는 거 맞죠? 이렇게 되물었다니까. 아이 옆에서 링거 맞는데도 그냥 남편이랑 수다 떨고, 먹을 거 사다 먹고 그랬지 모."

같이 웃다가 눈물 짓다가의 반복인 엄마들의 수다.

저는 이른 나이에 시집을 간지라 제 딸은 중학생이지만 제 주변의 친구들은 대부분 유치원이나 저학년의 아이들을 키우고 있어요.

이런 친구들을 만나면 하나같이 아이의 문제로 고민하고, 힘들어하고 있다는 걸 볼 수 있지요.

근데 제가 조금 신기한 걸 발견했어요.

지금까지 만난 친구들은 다 첫째 문제로 힘들어하더라고요.

대부분 둘째는 괜찮다고 하고요.

물론 제 주변만 그런 거일 수도 있어요.

하지만 아직까지는 그렇더라고요.

'왜 다들 첫째 때문에 힘들어할까요?'

이 질문을 친구에게 했어요.

"야 너도 그렇고 내 주변 사람들 거의 다 첫째 때문에 힘들어하더라. 첫째들이 다 극성인 애들만 태어나는 거 같아?"라고 물었지요.

친구는 "진짜 우리 집 첫째가 유별나긴 해!"

문득 엄마가 하던 이야기가 떠올랐어요.

"한나야. 너는 진짜 셋째로 태어나서 복 받은 거야.

엄마가 큰언니는 첫째라 뭣도 모르고 키워서 얼마나 잡았는지 몰라.

너희 둘째 언니도 얼마나 키우기 힘든지…

첫째 둘째 내 맘대로 안되는 거 아니까

너 키울 때는 거의 마음이 내려놔지더라. 포기한 거지.

그래서 너는 너 하고 싶은 대로 그냥 둔 거야. 게다가 네가 좀 유별났니?

뻑하면 화장실에서 가위 들고 머리를 싹둑싹둑 잘라내지 않나,

학교 때려치운다고 하질 않나…

　학교 간다고 가방 챙겨들고 놀러 가질 않나…

　아이고 네가 돈 벌어먹고 사는 게 용하다니까."

　항상 엄마는 저를 포기하고 키웠대요.

　그냥 아무 이유 없이 포기했을까요?

　첫째한테 여러 가지 시도해보면서 아이에게 하면 안 되는 것들을 배우지 않았을까요?

　게다가 되는 것들 추려서 둘째한테도 해봤을 테고, '둘째한테는 안 먹히네' 하면서 지속적인 시행착오를 하지 않았을까요?

　이러한 시간 속에서 자식에 대한 높은 기대 역시 점점 줄어들지 않았을까 생각해봅니다.

　엄마가 저를 키울 땐 시험을 보든, 공부를 하든 아예 포기해버리니 저에겐 화도 내지 않으시더라고요.

　그러면서 마음을 비우는 계기가 된 건 아닌가 싶어요.

　잘 생각해보세요.

　첫째가 유별날 수도 있겠지만,

　제가 생각한 첫째의 유별남은 나의 첫 번째 아기가 어떨지 예상하지 못했기 때문에 뜻밖에 놀람으로 만들어진 감정이 아닐까라는 생각이 들더라고요.

친구의 이야기를 기억해보세요.

첫째가 아플 때는 그렇게 놀랐다가도 둘째가 같은 병으로 아플 때는 놀라지도 않았다잖아요.

처음 당하는 일이니 더 놀라고,
처음 당하는 떼씀이니 더 화가 나고,
처음 당하는 말대답이니 더 열 받고,
처음 당하는 사춘기니 더 당황스럽고,
처음 당하는 반항이니 더 분노가 치밀고…

두 번째야 어느 정도 예상이 되잖아요.

혹시 지금 무지 화가 난다면
처음 겪는 일에서 오는 화가 아닌지, 예상치 못한 상황이라 화가 난 건 아닌지 생각해보세요.

그저 아이는 아이대로 행동했을 뿐인데 나의 당황함과 분노로 상처받을 아이를 생각하면 더욱 내려놔야 하는데 말이죠.
그게 왜 이렇게 어려운지 모르겠어요.

'미안하다. 엄마도 엄마가 처음이라…'
'미안하다. 아빠도 아빠가 처음이라…'

오늘 어떤 당신 이었나요?

어느 책에서 봤었는데 '유아교육 전공한 엄마의 자녀들도 상처투성이'라는 것을요.

정말 나쁜 마음이지만 그 말이 참 좋아요. 나만 자식한테 상처 준 게 아니라는 거, 심지어 유아교육 전공한 박사여도 마찬가지라는 말이… 처음 해보는 부모 역할이 어렵고, 이론과 실천이 같지 않다는 거 말이에요.

그러니 너무 자책 마셔요.
아이 키우면서 우리도 같이 성장하는 거잖아요.
다만 화가 날 때, 당황할 때, 분노가 치밀 때면 '내가 예상치 못해서, 네가 나의 첫 자녀라서'라는 마음으로 심호흡 한 번 해보자고요!

아이가 중학생이 되니 미치도록 말 안 듣고 바닥에 드러눕던 그 시절이 그리울 때가 있네요.
아이가 다 커버리면 반항하면서 화내던 사춘기 시절이 그립겠지요?

모든 게 지나갑니다.
그리고 더 신기한 건 아이 어릴 때 사진을 보면 아이가 힘들게 한 일보다 온통 귀여움과 사랑스러움만이 마음속에 간직해 있다는 것을요.

심지어 최선이었음에도 불구하고 더 주지 못한 것에 대한 후회
만 남는다는 것을요.

오늘도 여전히 날 지치게 하는 아이의 사진 한 장 찍어보세요.
다시 보면 참 귀엽네요.

오늘 어떤 당신 이었나요?

쥐어짜세요!

5월 21일 '부부의 날'을 맞이하여 남편은 제게 깜짝 선물을 줍니다.

글 쓰고 싶은 소재가 생각날 때 메모하라며 펜이 들어있는 핸드폰입니다.

선물을 주는 남편은 신이 났지만, 저는 그다지 반갑지 않습니다. 뭔가 새로운 거에 적응하는 게 싫습니다. 나이 먹어감의 증거겠죠.

"오빠! 내가 언제 이런 거 사달랬어? 나 진짜 핸드폰 관심도 없고, 새로 적응하는 거 귀찮다니까….."

제 말은 듣는 건지 마는 건지 남편은 혼자 신이 나서 "여보 사진에 그림도 그리고 하니까 이게 필요할 거야. 여보 생각해서 사 온 거니까~ 기다려봐~ 오빠가 새 폰에 다 옮겨줄게!"

저는 그날따라 몸이 아픈지라 "아 몰라~ 알아서 해봐. 저번처럼 카톡 날려먹지 말고!"

그러고는 침대에 누워서 2시간 정도를 잤지요.

남편은 자고 있는 저를 살며시 깨웁니다. "여보~ 아직도 아파?"

잠에서 깬 저는 "아냐~ 이제 일어나야지. 폰 다 옮겼어?"

남편이 표정이 이상합니다. 게다가 아주 기어들어가는 목소리로…

"근데 여보… 이상하게 카톡이 옮겨지지 않고, 지워진 거 같아. 한 번 노트북 들어가서 카톡 PC 버전 좀 열어볼래?"

헐……… 헐……… 헐………

아픈 몸을 이끌고 노트북을 꺼내 카톡을 로그인하려 하니 되지

오늘 어떤 당신 이었나요?

도 않고, 다 초기화가 되어 있습니다. 매번 제 폰 옮길 때마다 왜 그러는 건지… 정말 고맙지가 않아요. 짜증만 납니다.

자기 폰 옮길 때는 잘만 하더니 저에게 왜 그러는 걸까요?

작가가 되는 게 꿈인 저에게 카톡은 소중합니다. 글 쓰고 싶은 소재들을 저와의 카톡창에 담아놨거든요. 화는 치솟는데… 축 처진 어깨로 방바닥을 쳐다보고 있는 남편이 너무 불쌍합니다. 계속 미안하다고만 말하고 있는 남편….

이미 지워진 거 화낸다고 살려낼 수도 없고… 쿨하게 말합니다. "오빠! 됐어. 다 지워져서 속상하긴 하지만~ 진짜 탈퇴하고 싶었던 단톡방에서 오빠 덕에 나왔다!!! 푸하하하하!!!!"

진심입니다. 나오고 싶던 단톡방에서 이러지도 저러지도 못했는데 남편이 구해줬네요.

이미 벌어져 버린 일. 바꿀 수 없는 일에서 좋은 점을 찾아내는 제가 참 기특합니다. 제가 '쥐어짜는 긍정 마인드'를 갖고 있거든요.

니시다 후미오라는 작가가 지은 책, 『매일매일 긍정하라』의 프롤로그에는 이런 글이 있어요.

"인류가 45년에 걸쳐 뇌에 관한 연구를 해온 결과, 한 가지 단언할 수 있는 사실이 있습니다. 그것은 뇌가 옳다고 생각하는 99%가 '착각'이라는 것입니다.

세상에는 '긍정적 착각'을 하는 사람과 '부정적 착각'을 하는 사람, 이렇게 두 부류밖에 없습니다. 뇌의 특성상 정반대되는 두 가지 생각을 동시에 하는 것이 불가능하기 때문입니다.

그렇다면 부정적인 말만 하고 있다면 뇌는 어떻게 될까요?

부정적인 기억 데이터가 뇌에 강렬하게 입력되면 뇌는 부정적으로 움직입니다. '무리야.'라고 뇌에게 말하면 아직 시도하지 않았음에도, 당연히 무리일 것이라고 판단하고 기억해버립니다. 그 결과 말한 대로 됩니다."

이런 글은 많은 책에서도 볼 수 있을 거예요. 저는 부정적인 생각 또는 부정적인 말을 할 때면 '진짜 내가 생각한 대로, 말한 대로 되는 거 아니야?'라는 불안감이 생깁니다.

어떤 책에서 봤는데 사망원인의 15위가 '믿음'이라고 하더라고요.

'지금 이 상황은 결국 나를 지치게 만들 거야.'

'견디지 못해 스트레스가 되어서 병이 될 거야.' 등의 우리가 현실을 바라보는 '믿음'말이에요.

그래서 억지로라도 좋은 점을 찾으려는 노력을 합니다. 긍정적인 착각을 뇌에 입력해야 되니까요.

이런 노력은 아빠로부터 배웠습니다.

"아빠~ 오늘 지방 강의하고 힘들어 죽겠어. 진짜 짜증나….."

수화기로 들려오는 낮은 아빠의 음성

오늘 어떤 당신 이었나요?

"아이고 우리 딸 힘들구나? 먼 곳을 왔다 갔다 기차 타는 것만으로도 참 힘들지? 그래도 불러주는 곳이 있으니 얼마나 다행이냐! 일할 수 있으니 감사하잖아. 우리 딸 밥도 잘 먹고 집에 가서 푹 쉬렴. 사랑해!"

아빠의 이야기를 듣고 생각해보면 절 불러주심에 감사할 수 있습니다.

어제도 친구와 함께 긍정적인 생각을 쥐어짰습니다. 친구는 분양받은 아파트 층수를 고르는 날이었나 봅니다.

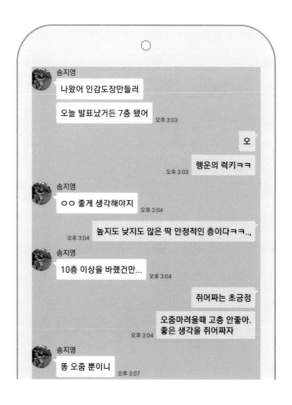

10층 이상을 바랬으나 7층이 된 친구.

'행운의 럭키'

'오줌 마려울 때 불편한 고층'

그냥 뭐든 좋은 생각으로 쥐어짰더니 친구는 제게 '똥오줌' 이야기만 한다고 뭐라 하네요.

이미 정해진 층수 바꿀 수 없잖아요.

억지로라도 긍정적인 생각 쥐어짜야지요.

끝나 버린 일.

되돌릴 수 없는 일.

원망스럽고 후회는 되지만, 원망과 후회는 한 번만 하세요.

계속하면 괴롭잖아요.

그리고 긍정적으로 쥐어짜봅시다.

얼마큼 쥐어짜야 되냐구요?

저희 개는 산책하면서 영역 표시를 열심히 합니다.

처음에 많은 양으로 영역 표시를 해버려서 나중엔 하고 싶어도 소변이 안 나와요.

그럼 저는 개에게 말합니다.

"엄마가 쪼끔씩 나눠서 하라고 했잖아. 한 번에 다 쓰더니… 쯧쯧"

마치 제 말을 들은 거처럼 개는 배를 움찔하면서 한 방울이라도 떨어뜨리더군요.

저는 개의 노력에 감동을 받습니다.

어쨌든 영역을 표시하겠다는 그 열정.

좋아하는 웹툰 〈노곤하개〉 3화 '멍멍이의 쉬야는 무시무시하다' 몇 컷을 가져와봤습니다.

우리도 어떻게든 긍정적인 마음 한 방울이라도 떨어뜨리기 위해 생각을 쥐어짜야 해요.

비록 한 방울이지만, 부정적인 생각과 말이 나의 삶을 덮치지 않도록 살려주는 '긍정의 마음'.

쥐어짜는 긍정의 한 방울이 나의 삶을 변화시킵니다.

한 번밖에 없는 나의 인생을 좀 더 멋지게 살아내기 위해

오늘도 뇌에게 '긍정적인 착각'을 주어서 행복하게 살아가보렵니다!

오늘 어떤 당신 이었나요?

여보!
음악회 좋아하지?

띵똥! 문자가 왔네요!

[Web발신]
[제주교향악단 초청연주회]

용인과 제주의 특별한 만남!
용인문화재단과 제주교향악단이
준비한 품격있는 공연에 용인시민
여러분을 초대합니다.

일시:4월19일(목)19시30분

장소:용인포은아트홀

관람연령:초등학생이상관람가

프로그램:
차이콥스키<바이올린 협주곡
라장조,작품35>
말러<교향곡 제5번 올림다단조>
지휘 정인혁 /바이올린 양정윤

관람방법:
4월10일(화)14시 부터 재단 홈페이지
선착순 접수
http://goo.gl/MUo4Jj
1인 4매 한정 (선착순200명)

문의: 031-

아름다운 선율을 귀와 눈으로 즐길 수 있는 기회! 게다가 공짜라니요!!!

그러나 '선착순'이라는 조건이 있기에 저는 알람을 맞춰놓았습니다.

하필 운전 중에 알람이 울려 남편에게 부탁을 했습니다. 남편은 "몇 장하면 돼?"

저는 당연히 가족이 셋이니 "오빠!! 3장 하면 돼"라고 알려주었지요.

음악회 가는 날을 손꼽아 기다리며 가기 전날 남편에게 이야기를 합니다. "여보! 내일 음악회 가는 거 알지?? 일찍 와야 해! 첫차 타고 와야 해!!" 라고 이야기하니 남편이 깜짝 놀랍니다. "내가 왜 가? 나도 가는 거야?"

당연히 우리 가족 3명이니까 3장 예매한 거 아닙니까? 어이가 없더군요.

다른 사람이랑 가는 줄 알았다는 남편.
게다가 음악회 가기 싫다고 징징대는 남편.
정작 당일에도 쓸쓸함을 내비치는 남편.

음악회 안갈거야?
오후 4:50

울신랑
가

몇시까지 가야해?
오후 4:50

7시 15분
오후 4:51

울신랑
다민이도 가고 싶어해?
오후 4:51

ㅡㅡ

여보 가기싫음 가지마
오후 4:51

울신랑
아냐
오후 4:51

　　억지로 끌려온 남편에게 "오빠 가서 자! 음악 들으면서 잠들면 얼마나 좋은데~~ 나도 가서 졸지 몰라~~ 그니까 편하게 가자." 라고 말하고 드디어 포은아트홀에 입성했습니다.

　　자리를 찾아 앉으려고 하니 갑자기 누가 우리 가족을 알아보고 인사를 하네요.
　　"어머~ 여기에서 뵙네요!"
　　옆집 아주머니였습니다. 인사를 드리고 자리를 찾으니 옆집 아줌마 바로 앞자리네요.

절망적이었어요. 첼로를 연주하시는 옆집 아줌마가 뒤에 계시니 절대로 졸면 안 된다는 압박감이 밀려옵니다. 저 역시 음악을 들으며 잠에 빠져드는 행복함을 만끽할 수 없고, 정신을 바짝 차리고 있어야 합니다.

그렇게 음악회는 아름다운 선율과 함께 시작되었고, 남편과 딸은 졸립지만 서로를 의식하며 반쯤 풀린 눈으로 앉아있었습니다. 그렇게 1막이 내리고 인터미션이 되자, 남편은 저를 보고

"집에 가자! 집에 가자! 졸려 죽을 거 같아! 아님 나는 나가서 야구 보고 있을게. 좋아하는 너는 실컷 듣고 와."

저는 남편이 너무 측은해서 "오빠… 힘들지? 근데 2막은 그렇게 길지 않아. 뒤에 옆집 아줌마 생각하지 말고 졸리면 자! 괜찮아."라고 도닥이며 함께 그 자리에 앉아 있었지요.

그렇게 제2막이 열렸습니다.

역시 집에 안 가길 잘했습니다. 2막에서 흐르는 아름다운 소리와 연주자들의 광경은 가슴 벅찬 감동을 안겨주었습니다. 아름다운 선율이 이어지는 동안 남편은 저녁에 반찬으로 먹은 파김치처럼 숨이 죽어가고 있었지요. 그렇게도 끝나지 않을 것 같은 터널에 끝이 있든 파김치에게도 기쁜 소식이 왔습니다. 드디어 끝났습니다.

그런데 말입니다……. 지휘자님께서 제4악장을 한 번 더 연주하시겠다고 하시네요. 전 너무 좋지만, 눈치가 보여 옆을 흘끔 보니

오늘 어떤 당신 이었나요?

이미 파김치는 완전히 넋이 나간 표정입니다.

그렇게 연주회가 끝나고 시계를 보니 밤 10시입니다.

7시 30분부터 기나긴 시간을 참아왔던 파김치에게 "오빠 진짜 고생 많았어. 나도 이렇게 길 줄 몰랐어. 많이 힘들었지? 그래도 좀 좋지 않았어??"

파김치 같던 남편은 하고 싶은 말이 많은지 막 담근 겉절이처럼 살아나서 "그렇게 좋은 음악은 혼자 들으면 안 되니?? 너나 많이 들어. 나는 집에서 소파에 앉아 듣는 음악이 좋아. 이러지도 저러지도 못하는 의자에 앉혀 놓고 장시간 듣는 건 싫어."

저는 음악이 주는 기쁨을 남편과 함께 나누고 싶었어요.

"오빠 우리 앞자리에 할머니 할아버지 두 분 앉아계신 거 봤지? 나는 그냥 오빠랑 늙어서 같이 음악회도 다니고 싶고 그래서… 나도 처음엔 음악회 재미없었는데 몇 번 가보니 좋더라고… 그래서 오빠랑 가고 싶었던 거야."

남편은 한참 한숨을 쉬더니 이야기합니다.

"너 내가 언제 야구 보자고 새벽에 깨운 적 있냐? 같이 축구 보자고 했어? 그럼 이제부터 류현진 나올 때마다 같이 보자. 나도 좋아하는 야구 여보랑 같이 보고 싶다. 참고로 새벽에 자주 하는 거 알지?"

앗… 할 말이 없어집니다. 저는 스포츠 관람을 별로 즐기지 않습니다. 그런 저에게 새벽잠을 깨며 야구를 보라니요?!

이게 바로 역지사지인가요?
내가 좋아하는 거니까
내가 함께 가고 싶으니까
당신과 같이 나누고 싶으니까…
근데 이 모든 것이 저의 기준이었네요.

서로의 마음을 얻어야 하는 연애시절에는
그가, 그녀가 원하는 것이라면
그가, 그녀가 가고 싶은 곳이라면
그가, 그녀가 같이 나누고 싶어 하니까라는 마음으로
저 역시 남편에게, 남편도 저에게 서로가 원하는 것을 함께 하고자 노력했지요.

저는 좋아하지도 않는 축구게임을 배우고, 관심도 없는 야구장에 가고, 추운 건 딱 질색인 제가 몹시 추운 날 축구장에 가서 앉아 있고… 좋아하지도 않는 보드게임을 좋아하는 척 하하 호호 그와 함께했지요.
남편 역시 좋아하지 않는 음식을 저를 위해 맛있게 먹고, 놀이동산에 가서도 놀이기구는커녕 동물 구경만 실컷 했답니다.

오늘 어떤 당신 이었나요?

그런데 지금의 결혼생활을 돌아보니… 다 제 기준으로 돌아가고
있어요.

외식은 제가 좋아하는 거!

놀러갈 때는 제가 가보고 싶었던 곳!

심지어 남편 옷 스타일까지도 제가 좋아하는 스타일!

영화도 제가 좋아하는 장르! 어벤저스는 꿈도 못 꾸는 남편

야식 메뉴도 95%는 제가 결정!

어쩌다 남편 뜻대로 하면 큰 선심 쓴 듯한 제 모습.

내 맘대로 하는 것이 익숙해 있다는 것을 알게 되었습니다.

미안해지네요.

오늘은 선심 쓰는 것이 아니라 그의 마음을 알아주는 아내가 되
어야겠어요.

뭘 좋아하는지?

뭘 먹고 싶은지?

어떤 영화를 보고 싶은지?

그리고… 더 중요한 건… 어떤 게 싫은지,

그것이 싫다면 그의 마음을 존중해주는 것 역시 사랑의 표현이
아닐까요?

다음 게임을 기다려!

제가 좋아하는 사람이 있어요. 마음이 따스한 분이거든요. 기억력도 어찌나 좋은지 무심결에 던진 말을 담아두었다가 만날 때면 챙겨주시기도 하는 그런 분이랍니다.

근데 그분이 요즘 많이 상심하고 있어요. 오랫동안 준비해 온 이직이 잘되지 않나 봅니다. 많은 회사에 지원을 했지만, 면접 볼 기회조차 주어지지 않아 허탈해하니 제 마음도 시큰하더라고요. 번번이 낙방하니, 최근에는 이력서도 제출하지 않는 모습을 보게 되었어요.

저는 그저 "힘내! 더 좋은 곳이 기다리고 있을 거야."라는 흔하디흔한 말 외에는 생각이 나지 않으니….

그런 제게 아주 오래전에 들었던 〈혜민 스님 강의〉가 떠오르더라고요. 그래서 열심히 검색하기 시작했죠.

기억나세요?? 〈스타 특강 SHOW〉

5년이 흐른 지금도 그 당시 혜민스님의 강의가 기억에 남아 있답니다. 많은 질문 중 바로 이 질문에 대한 혜민 스님의 답변이 인상 깊었어요.

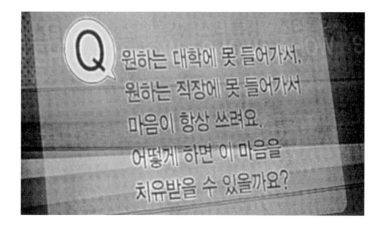

스님 역시 취업 때문에 힘들었다고 하네요. 미국 대학교에 취직을 하기 위해 10개의 학교를 지원하고 면접을 보았다고 합니다. 결과 발표를 기다리던 중 스님이 가장 원하고, 바라던 학교로부터 불합격 통보를 받게 되었지요.

그때 스님은 '분명 슬프고 아쉽겠지만 절대 내 능력이 부족하고 모자라 떨어진 것이 아니다. 나의 스타일과 대학이 바라는 모습이 달랐을 뿐이다.'

내가 조용필이라도, 상대방이 루치아노 파바로티 Luciano Pavarotti 를 원하는 것이라면 선택될 수 없다고 말씀하시더군요.

"조용필이 파바로티보다 노래를 못하나요? 조용필과 파바로티는 스타일이 다른 것뿐이지요."

그리고 이렇게 이야기하셨어요.

"여러분, 여러분이 선택되지 않더라도 상처받지 마세요. 여러분과 그들이 원하는 사람 스타일이 다른 것뿐입니다. 절대 부족하지 않습니다."

이 강의를 다시 들으며 제가 좋아하는 분께 이야기해야겠다고 생각했어요. 그렇게 열심히 준비해왔는데 다시 도전하라고요!

오늘 어떤 당신 이었나요?

이 주전자가 어떤 주전자인지 아세요?

세상에! 저희 딸아이가 1등 해서 받아 온 주전자에요.

뭘로 1등 했냐고요?

매번 낚시를 해보고 싶다고 해서 토요일 가족 나들이로 '실내 낚시터'를 갔답니다.

전 2시간 동안 한 마리도 못 잡았어요.

수다쟁이 딸은 한마디도 안 하고 낚싯대만 바라본 결과 드디어 한 마리를 잡았네요.

근데 큰 물고기도 아닌데 1등이라뇨~~~!!

처음 가본지라 뭔지도 몰랐는데, 작은 물고기를 잡으면 이기는 '소물게임'이었던 거죠.

다음 게임을 기다려!

너무 신난 저희 가족은 이 주전자를 '가보'로 여길 만큼 한동안 아꼈답니다.

제가 좋아하는 그분에게 이야기하고 싶어요.
"언니, 이번 게임은 소물 게임인 거야. 언니는 큰 물고기였나 봐. 그러니까 우울해 하지 말고, 대물 게임까지 파이팅 하자!"

오늘 어떤 당신 이었나요?

내 손은
'마법의 손'

내 손은 '마법의 손'
가는 곳마다 금방 더럽힐 수 있다네.

내 손은 '마법의 손'
멀쩡한 물건도 순식간에 망가뜨릴 수 있다네.

내 손은 '마법의 손'
밖에 들고나간 물건은 내 손을 떠나버리네.

　어렸을 때부터 둘째 언니는 제게 '마법의 손'이라고 불렀어요. 제 손이 닿는 곳은 왜 이리도 지저분해지는지 모르겠어요. 식탁도, 책상도, 화장대도 어질어질.

예전에는 좁은 집이 문제라고 생각했지요. 하지만 평수가 늘던, 수납공간이 늘던 그건 저와 전혀 상관없는 이야기랍니다.

남편은 나름 정리해보겠다고 여러 번 시도해보았지만 정리해도 며칠 안 가니, 남편 역시 '정돈된 삶'은 포기한 거 같아요. 변명 같겠지만, 저는 아주 반듯하게 정돈이 되면 마음이 불편해요. 뭔가를 편하게 할 수 없을 거 같다는 느낌, 내가 이곳에 있으면 안 될 거 같다는 그런 생각이 들곤 해요.

그런데 저희 큰언니 집을 갔다 오면 '같은 뱃속에서 나온 사람'이 맞을까 의심이 됩니다.

오늘 어떤 당신 이었나요?

너무너무 깨끗한 '큰언니네'

　얼마나 깨끗한지 뭐하나 바닥에 떨어져 있는 게 없고, 부엌 찬장을 열어도 그릇이 가지런히 놓여 있는 게 '정리 컨설턴트'로 직업을 가져보라고 권할 정도랍니다.

　가끔은 부럽기도 한 마음에 "언니는 어쩜 그렇게 정리를 잘해?"라고 물어보면,

　① 물건들이 있어야 할 곳을 정해주고

　② 쓰고 나면 바로 제자리에 두고

　③ 안 쓰는 건 남을 주든지 팔든지 하고

　④ 새로 하나를 들이면, 집에서 하나를 빼야 돼. 아님 계속 늘어나는 거야.

내 손은 '마법의 손'　　　　　　　125

근데 여러 방법 중에 3번이 귀에 쏙 들어오더라고요.

"안 쓰는 건 남을 주든지 팔든지 한다."

이게 바로 말로만 듣던 미니멀라이프?????????

저도 미니멀라이프를 실천하겠다고 결심했습니다.

2년 동안 안 입는 옷은 이후에도 입을 일이 없을 거라 확신하고, 버리기로 작정을 했습니다.

아 근데~ 왜 이렇게 아깝나요? 한 번밖에 안 입은 옷이며, 아이가 커서 가지고 놀지 않는 새것 같은 장난감들과 물놀이용품, 주방용품 등등….

버리기가 아쉬웠던 저는 '착한 마음'을 발동했습니다.

그래!!! 나누자!!!

일일이 중고카페 올려 가격 흥정을 하고, 택배를 부치는 것도 번거로울 거 같아서 필요한 누군가에게 나누기로 했습니다.

현재 사용하지는 않지만, 그래도 상태가 좋고 사람들이 필요로할 것들을 추려서 지역 카페에 열심히 내놓기 시작했지요. 글을 올리자마자 바로 '저요!', '저 하고 싶어요!' 해주시니 좋은 일을 하고 있구나라는 생각에 뿌듯한 마음이 들었습니다.

☐	397780	브레드박스(완료) 🔻 [5]
☐	397486	라인 쟈켓 55(완료) 🔻 [2]
☐	397427	커피내릴때 쓰는거 및 주방용품(완료) 🔻 [10]
☐	397422	테팔믹서기(완료) 🔻 [4]
☐	395663	쿠키커터(완료) 🔻 [2]
☐	394540	누룽지기계(완료) 🔻 [7]
☐	394532	직화냄비 쓰실분(완료) 🔻 [8]
☐	390269	아령&푸쉬업바(완료) 🔻 [9]
☐	380641	풀장과 튜브(완료) 🔻 [2]
☐	380640	이케아 옷걸이(완료) 🔻 [3]
☐	289640	(완료)나눔-키높이조절 테이블 🔻 [3]
☐	289637	(완료)나눔-로베라 스카이워커 🔻 [4]

자랑스러운 '나누리' 흔적들

　다만 이 뿌듯함의 단점은 가지러 왔다는 연락이 오면 아파트 1층으로 내려가 전달하는 번거로움이지요. 그러나 물건을 받으러 오시는 분들이 "감사합니다. 잘 쓸게요."라는 말 한마디에 언제 귀찮았냐는 듯이 행복해집니다.

　"바로 이것이 '나눔의 기쁨'인가 봐~." 이러면서 혼자 어깨를 들썩거렸지요.

　그런데 나누리 받으러 오시는 분들이 제게 '감동'까지 주시네요.

이름 모를 '청'과 토마토, 나머지는 뱃속에…

달콤한 토마토를 맛보라며 가져다주시고, 시골에서 온 야채라며 신문지에 고이 싸서 주시기도 합니다. 명절이 지나고 나서 나누리를 하니 사과랑 배도 받고요. 뭔지 기억 안 나는 직접 담으신 청도 받고 하니 어깨가 으쓱으쓱합니다.

물건을 갖다 주려고 나가면서 '이번에 뭘 주실려나?'라는 기대를 하면서 내려가게 되더라고요.

그런데 제 기대와는 다르게 저를 기다리는 분이 '빈손'이었어요. 저분이 아닌가 생각해보았지만, 제 물건을 보고 걸어오시는 모습

오늘 어떤 당신 이었나요?

이 아마도 받으러 오신 분이 맞네요.

"감사합니다. 잘 쓸게요." 이 말을 하고 돌아서시는데 마음이 괜히 퀭하더군요.

저는 작은 선물을 기대하면서 나누리 물건 플러스 직접 뜨개질한 수세미도 넣었는데… 흥… 괜히 넣었어!!!!!!

저 이렇게 속이 좁은 여자입니다.

자, 그럼 다음 나누리 상대를 기대해보겠습니다.

또 설레는 맘에 집에 있는 통조림 햄 두 개를 더 넣어서 내려갔는데, 앗! 저분도 빈손으로 오셨네요. 게다가 웃지도 않는 얼굴로 "감사합니다." 이러고 돌아서시네요.

아, 정말 나누면서도 마음이 상해버렸네요.

혼자 구시렁거리기 시작했습니다.

"같은 '감사합니다'라는 말을 해도 어쩜 저리 정이 안가냐? 표정은 그게 뭐야? 내가 가져가 달랬어? 자기가 필요하다고 받으러 와 놓고선~ 이젠 귀찮게스리 나누리 안 해!!"

그렇게 한참을 잊고 지내다 카페에서 누군가의 '나누리' 글을 보게 되었습니다.

빨리 오실수 있는분께 먼저 드릴께요.

오늘밤이면 젤 좋아요~

무조건 빈손으로 오세요!

장화가 발에 안 맞아 신지 못하고 '나누리'를 하는 글이었어요.
그리고 무조건 '빈손'으로 오라는 글귀가 눈에 띄었지요.
  생각해보니 저도 '나누리'를 했던 거더라고요.

오늘 어떤 당신 이었나요?

그런데 누군가한테 토마토 몇 개 얻어먹더니, 사과랑 배 얻어먹더니, 도넛 얻어먹더니, 호박이랑 두부 얻어먹더니, 무슨 '청'인가를 받아보더니… 제가 아주 웃긴 여자가 되었더라고요.

받는 게 당연하다고 생각했나 봐요.

심지어 '중고카페에 팔면 이거 얼마는 받는 건데~' 하면서 무슨 대단한 일을 하는 듯한 자신감으로 남에게 받는 걸 당연시 생각했었어요. 물물교환한 것도 아니고, 제가 직접 사진까지 찍어서 나누겠다고 해놓고선….

저는 주겠다고 하면서 받을 걸 먼저 챙기려던 사람이었네요.

게다가 내가 이걸 주니까 날 향해 방긋 웃으며 '감사합니다'라는 인사를 해주길 바랐던 여자예요. 심지어 바랐던 걸 넘어 그렇게 하지 않으면 '저만의 잣대'로 "왜 저래? 아우~ 정말 고마운 줄 모른다니까"라는 마음으로 비난했던 그런 부족한 사람이네요.

어렸을 때 아빠가 해주셨던 이야기가 머리에 '펑'하고 떠올랐어요.

주는 자의 오만함을 버려라!
주는 자의 오만함을 버려라!
주는 자의 오만함을 버려라!

저는 오만했어요.

'내가 주는 거니까'

'내가 베푼거니 까'

'내가 특별히 마음쓴거니까!'라는 생각을 갖고 있었지요.

그리고 이런 제 마음을 받은 사람으로부터 대가를 바라고 있었고요.

처음엔 집을 정리하겠단 필요에 의해서 치워야 겠다고 결심했고,

파는 건 귀찮으니 주는 게 낫겠다고 결심했고,

가져가는 사람들이 좋아하니까 더 나누겠다고 결심했고

보세요! 다 제가 주겠다고 결심한 거잖아요.

근데 언제부터 '작은 대가'를 바랬던 걸까요?

아주 작은 것을 나누면서도 대가를 바라는 걸 보면, 지금까지 저는 많은 사람들에게 얼마나 대가를 바라왔을까요?

"내가 밥 샀는데, 왜 고맙다고 안 해?"

"내가 생일 선물 주는데, 너는 왜 입 싹 닦아?"

"내가 거액의 선물을 보냈는데, 잘 받았다고 잘 쓰고 있다고 왜 한마디도 안 해?"

아마도 끝이 없을 거예요.

하지만 다시 처음으로 돌아가 보면, 주겠다고 결심한 건 '나'입니다.

오늘 어떤 당신 이었나요?

주는 마음은 아름다운 마음이잖아요.

이 예쁘고 귀한 마음에 '대가'를 바라는 그 순간 '오만한 마음을 가진 자'가 되어버린다는 것을….

그리고 이 오만한 마음보다 더 불행한 것은

'주고도 기쁨을 느끼지 못한다는 것을….'

나눌 때는 '상대방의 빈손을 바라는 마음과'

선물할 때는 '받는 사람의 기쁨을 상상하며'

밥을 살 때는 '너와 함께 맛있는 밥을 먹고 싶어서'

나의 마음을 나눌 때는 무언가를 바라지 않고 그저 '줄 수 있는 행복함'을 만끽해야겠습니다.

나는 '지킬 앤 하이드'

5월은 어린이날, 어버이날이 있는 가정의 달이었지요. 감사를 표할 수 있는 의미 깊은 날이기도 하지만, 현실적으로는 마이너스가 되는 달이기도 하지요.

그래도 행복해하는 딸아이와 기뻐하시는 부모님의 모습을 보면 마음만큼은 플러스가 되는 건 확실합니다!

저는 나누는 것을 참 좋아하는 사람입니다.

부모님은 제가 욕심이 너무 없어 걱정하실 만큼 집에 무엇 하나 있으면 함께 하는 것을 즐깁니다.

어디서 뭐라도 나눠준다고 하면 모든 사람이 다 가져간 뒤 남았을 때나 제 것을 챙기곤 하지요.

심지어 챙기는 순간에도 '누구 주면 좋겠다!'라는 생각을 먼저 할 만큼 넉넉한 마음의 소유자입니다.

이런 저는 어버이날을 앞두고 사업을 그만두신 시아버지가 마음이 적적하시진 않을까 싶어 아버지께 전화를 드려, "아버지 뭐 드시고 싶은 거 없으세요? 제가 내려가서 맛있는 식사 대접할게요. 드시고 싶은 메뉴 한번 생각해보세요!"라며 상냥한 며느리가 되었지요.

저희 시아버지는 마치 기다렸다는 듯이 "저번에 갔던 장어집에 가자. 거기 맛있더라."라고 말씀하시더라고요. 저는 순간적으로 말을 잃어버렸습니다.

왜냐구요?

비쌉니다. 비싸도 너무 비쌉니다. 저의 6월 재정 상황이 힘들어질 게 분명합니다. 게다가 저는 생선 종류를 아주 싫어합니다. 비싸다는 부담과 싫어하는 생선까지…

그래도 이제 와서 뺄 수는 없습니다. 예전에는 아버지가 사 주셨지만, 어버이날에 얻어먹을 수는 없잖아요.

그 순간 제 머릿속에 번개처럼 '그래! 어차피 우리 가족은 장어를 안 먹으니 닭구이 시켜서 먹으면 싸게 나오겠지?'라는 빛나는 아이디어가 떠올랐습니다. 저는 총명한 제 자신을 칭찬했지요.

기다리던 식사 날이 되었습니다.

한쪽 테이블에선 장어가 구워지고, 제가 앉은 테이블에선 닭이 구워지고 있었지요.

 VS

시어머니와 시아버지가 맛있게 드시는 모습을 보니 참 뿌듯했습니다.

장어집이라 그런지 닭구이가 맛있진 않았지만 저희 아이와 저는 그냥 먹었지요. 그런데 신랑의 누나였던 형님의 아이들도 어리니 장어를 못 먹고, 닭을 먹겠구나라는 예상과는 달리 아이들이 "닭 맛없어! 장어 먹을래!" 이러더니 장어를 향해 젓가락이 춤추기 시작하는 게 아니겠습니까?

"꼬리 내 거야! 꼬리가 맛있지??" 이러면서 먹어대는 아이들!

계속 먹으니 장어는 또 추가되고, 제 마음엔 먹구름이 추가됩니다.

그 순간 제 마음에 화가 나기 시작했습니다. '나도 안 먹고, 우리 딸도 안 먹고, 우리 신랑도 안 먹는데 말이야! 형님네 애들은 왜 이리 장어를 잘 먹는 거야? 게다가 꼬리가 맛있다고?'

그저 닭만 먹고 금액을 계산하기엔 너무 억울했습니다.

질 수 없다는 마음으로 저의 젓가락은 장어를 향한 낚싯대가 되었고, 낚아채는 대로 맛을 느끼기는커녕 입에 마구마구 넣기 시작

오늘 어떤 당신 이었나요?

했습니다. 그저 아이들이 먹는 게 얄미웠나 봅니다. 먹다 보니 느끼함이 올라와 사이다 한 잔 들이켜고, 아이들과 다투듯 빠른 속도로 먹었습니다.

그렇게 닭은 점점 식어가고, 계산할 금액은 점점 올라가고….

집에 돌아오는 차 안에서 더부룩함과 속에서부터 올라오는 장어 냄새가 저를 미치도록 괴롭혔습니다. 결국 화장실로 뛰어가 다 토하며 변기와의 사투 끝에 저는 편안해졌지요.

그런 제게 남편은 "그러게~ 왜 먹지도 않는 걸 그렇게 많이 먹었어?"라고 놀란 듯한 표정으로 묻더라고요.

저는 '장난하냐?? 네 조카들이 너무 먹으니까 그렇지. 나는 많이 먹지도 않는 그 비싼 걸 애들이 먹어서 그런다! 왜?!!!'라고 속으로 이야기했습니다.

차마 입 밖으로는 꺼낼 수 없는 말들이었기에….

늘 욕심이 없고 나누길 좋아한다고 생각했는데 꼭 그렇진 않나 봅니다. 자신을 소개하라고 하면 '함께하며, 나누는 것을 좋아합니다.'라고 표현했는데, 이제 바꿔야겠네요.

누구나 '나는 이런 사람이야.'라고 생각했던 모습이 뜻밖의 상황과 조건 속에서 믿어왔던 모습과는 다른 모습을 가질 수 있다는 것을 느끼는 기회였지요.

지난주 제주도 여행에서 전 또 다른 저의 모습을 보았습니다.

저는 무례하고 매너 없는 행동을 하는 것을 아주 싫어합니다. 아마도 아버지의 영향이 가장 큰 거 같아요. 어려서부터 '남에게 피해 끼치지 말아라!'라는 이야기를 참 많이 듣고 자랐거든요. 그래서인지 공공장소에서 목소리 큰 사람만 봐도, 양해를 구하지 않고 자기 맘대로 하는 사람을 봐도 좀 마음이 불편하더라고요 그렇다고 제가 매너 좋은 사람은 아니지만요.

이런 저에게 아주 위험한 일이 일어났습니다.

제주도 여행에서 뭘 잘못 먹었는지 화장실이 너무 가야겠는 거예요.

아주 위급한 순간이었지요. 한 발자국만 늦었다가는 인터넷 실시간 검색어 'X녀'로 나올 것만 같은 그런 느낌이었죠.

급한 마음으로 화장실을 가고 있는데 골목 앞에 호떡집이 있는 거예요. 호떡집이라는 건 나중에 알았고 제가 본건 갑 티슈였어요. 장사하는 곳에서 쓰는 갑 티슈요.

근데 사장님이 고개 숙이고 일을 하는 그 순간 저는 갑 티슈에서 휴지를 냉큼 뽑고 움직였어요. 정말 아무 생각이 없고 하늘이 노랬던지라 휴지를 보자마자 판단력을 잃었던 거 같아요.

근데 사장님과 일하는 다른 분이 휴지 도둑인 저를 보았나 봅니다.

저의 행동에 놀란 제 딸은 "엄마 미쳤어? 다른 분이 엄마 봤거든! 표정 장난 아니었어! 엄마 왜 이래?"라고 제게 이야기했지만, 저는 못 들은 체했어요. 그저 화장실을 가야 했으니까요.

화장실로 가는데 누군가 앞치마를 입고 달려와서는 두리번두리번하더라고요. 그때 알았어요. 저를 잡으러 왔다는 것을요… 그리고 제가 엄청난 짓을 저질렀다는 것을요.

저는 그 상황을 벗어나기 위해 손으로 휴지를 꼭 움켜잡았어요. 제 손 밖으로 휴지가 나오지 않게 해서 아무도 모르게 하기 위해서죠. 결국 저는 성공했습니다.

그렇게 급한 일들을 마무리 짓고, 가족과 차에 탔지요.

딸아이는 계속 흥분한 상태로 "엄마 어떻게 그럴 수가 있어? 차라리 말을 하고 휴지 한 장 달라고 해야지. 그게 사람으로서 할 짓이야?"

거침없는 아이 공격에 제가 뭐라고 한 줄 아세요?

"야! 내가 얼마나 급했으면 그랬겠어? 엄마가 원래 그런 사람이니? 너도 알잖아. 엄마가 그런 사람 아니라는 거~ 근데 그런 내가 오죽했으면 그랬겠냐고?"라고 큰소리쳤다니까요.

그 옆에서 운전하던 남편은 "여기 장발장이 있구먼." 이러더라고요.

제가 잘못했지요. 근데 제가 그런 행동을 했다는 게 믿어지지가 않았어요. 뭐랄까… 여러 가지 생각을 거친 게 아니라 반사적인 행동이라고 하면 전달될까요?

앞에 이야기했다시피 경우에 어긋난 일을 싫어하는 제가 이런 행동을 했다니요….

심지어 떨어진 돈도 다시 찾으러 올 사람을 위해 줍지 말고 그 자리에 두고 오라고 가르쳤던 엄마인데 말이죠.

하지만 말없이 휴지를 훔친 사람 역시 '이한나'라는 걸 받아들여야겠지요.

"맞아 내가 잘못했어. 아무리 급해도 그러면 안 되는 건데… 나도 내가 미친 거 같다는 생각이 든다… 아 진짜 내가 미쳤나 봐…."

그때 딸아이는 바로 이야기합니다.

"엄마가 잘못한 걸 깨달았으면 가서 사과해. 아줌마한테 가서 사과해야 인간의 도리 아니야?"

사람으로서 할 짓이냐는 둥, 인간의 도리라는 둥… 온통 맞는 말이라서 입이 안 떨어지더라고요.

하지만 제가 잘못한 거 맞잖아요. 용기를 냈어요.

"여보 차 유턴해! 그리고 아까 거기 세워줘."

남편은 놀란 표정으로 "그냥 가! 네가 가서 이야기하면 아줌마 더 열 받을걸! 그니까 그냥 가는 게 좋겠어!"

하지만 휴지를 훔친 모습 또한 저였기에 저는 가야 했어요.

"그냥 차 돌려줘. 화내면 더 사과해야지 뭐. 빨리 차 돌려…."

그렇게 저는 호떡집을 향했습니다. 아이는 구경할 마음이었는지, 제가 민망할까 봐 함께 해주려는 마음이었는지 몰랐지만 제 뒤를 졸졸 따라왔네요.

"아주머니… 아까 참 죄송했어요. 제가 너무 급한 마음에 휴지를 썼어요."
굳어지는 아주머니의 표정을 바라본 저는 다시 말을 이어갔어요.
"제가 말씀드리고 썼어야 하는데 너무 급해서 아무 생각이 없었어요. 정말 죄송합니다."
굳어진 아주머니의 표정이 웃는 얼굴로 바뀌며 "괜찮아요."라고 말씀하시는데 저는 너무 죄송하더라고요.
"제가 시장에서 귤을 조금 샀는데, 같이 나눠먹고 싶어 가져왔어요. 아까 저 때문에 마음 상하셨을 텐데 마음 푸시고요… 정말 죄송합니다…."

귤을 자주 드신다면서 손사래를 치며 받기 민망해하셨던 아주머니를 향해 딸아이는 "아녜요~ 같이 드세요!"라고 말하고 저희는 그렇게 차로 돌아왔답니다.

에휴… 한결 마음이 편해졌어요.

생각지 못했던 저를 받아들이고, 뒤처리하느라 참 힘들었네요. 용기를 내서 사과한 저에게 남편은 "우리 여보 플러스 10점"이라며 점수도 올려주네요.

'이건 나의 모습이 아니야!'
'원래 나는 이런 사람이 아니야!'
'그 상황은 누구라도 어쩔 수 없었어!'라는 말들로 그간 나의 모습을 정당화하진 않았나라는 생각이 들었어요. 물론 저도 아이의 말이 아니었다면 그랬을 거예요.

스스로를 어떤 사람이라고 믿고 있으세요?
1초 뒤에라도 그 확신을 뒤엎을 '내'가 존재한다는 것.
그 모습 또한 '나'이겠지요.

어쩌면 확신이라는 틀 안에서 나의 모습을 제대로 바라보지 못했던 건 아닐까요? 도리어 그 확신을 지키기 위해서 자신의 다른 모습을 외면하고 있는 건 아닐까요?

오늘도 나의 모습을 한 번 더 바라보고,
그 모습 또한 '나'라는 것을 깨닫고,
나의 모습에 책임질 수 있는 어른이 되어야 함을 다시 생각해봅니다.

공감 제로
'우리 엄마'

교회 목사님께서 이번 주일에 '제자의 삶'에 대해 말씀해주셨어요. 주변에 어렵고 힘든 사람들을 위해 우리가 할 수 있는 것 중 '공감'이라는 것이 있다고요.

어려운 처지에 있는 사람과 함께 아파하고, 울어줄 수 있는 마음. 공감을 통해 위로하고 회복할 수 있도록 돕는 것 또한 '제자의 삶'이라고 말씀하셨어요.

맞아요. 생각해보니 함께 이야기를 하고 싶은 그런 사람이 있더라고요. 왜 속상하거나 화날 때 전화해서 이야기하고 싶은 그런 사람 있잖아요.

제가 속마음을 이야기하면 "그래? 그랬구나… 힘들었겠네." 또는 "정말 속상했겠다." 하면서 제 마음에 공감해주는 그런 사람.

그 일을 해결하는 데 도움이 된 건 아니었지만, 해결할 수 있는 힘을 주는 그런 사람이 곁에 있다는 건 참 행복한 일이에요.

여러분은 누가 생각나세요?

남편? 아내? 언니? 친구? 동생?

둘러보면 좋은 사람이 참 많지요. 사람뿐인가요?

저에게 혼나 울적한 마음으로 방에 들어간 딸아이 곁을 지켜주는 사랑이도 있답니다.

딸의 마음을 위로해주는 사랑이

오늘 어떤 당신 이었나요?

그럼 반대로 한번 생각해볼게요.

위로받고 싶어 전화했다가 '그게 뭐가 힘든 일이야?', '그 정도도 예상 못했어?', '세상에 쉬운 게 어딨어?'라며 공감은 개뿔! 화딱지만 나게 하는 그런 사람도 있지 않나요?

정말 공감능력이 없기로 유명한 분 알고 계시려나 모르겠네요. 수도권 쪽에서는 꽤나 저명하신 분인데, 경기도 의정부시에 거주하고 계신,

저의 친정엄마입니다.

정말 말이 필요 없어요. 그래도 굳이 설명하자면 '눈치 제로! 공감 제로! 선의의 거짓말도 할 수 없다! 내 느낌 그대로 전달한다!'라는 인생의 모토를 지닌 분이세요.

자 그럼 실제 사례 들어가 보겠습니다.

사례 1 ─────────────────────

딸: 엄마… 나 요즘 힘들어. 프리랜서라 남들처럼 월급을 받는 것도 아니고, 이 불안정한 구조가 가끔은 너무 두렵고 그래.

엄마: 야! 세상에 쉬운 일이 어딨어? 월급쟁이는 불안하지 않을 거 같아? 다 불안해!

딸: 아… 진짜….

둘째 언니: (손목 수술 후 엄마 생각에 전화 검) 엄마 나 마취 슬슬 풀
         려서 좀 아프고 그래.

엄마: 그러니? 근데 그런 건 수술도 아니야. 아주 간단한 거지.

둘째 언니: (말 없음)

딸: (맛있는 우렁 쌈밥집에 엄마 모시고 감) 엄마 여기 진짜 맛있지?
   먹을 때마다 엄마 생각났거든. 여기 야채 모두 유기농이래. 많이
   많이 드셩~~~.

엄마: (한입 드시더니) 음~~음~~~~~(엄청 행복한 표정으로 맛있
     게 드심).

딸: 그치? 맛있지?

엄마: 그래~~ 근데 왕십리에 있는 쌈밥집이 더 맛있다.

딸: 그래…… 알았어….

딸: (재킷을 3만 원에 득템) 엄마엄마! 이 옷 좀 봐! 3만 원에 샀어. 너
   무 잘 샀지?

엄마: (위아래로 훑어보시더니 활짝 웃으며) 그래그래~ 근데 전에 비
     슷한 거 있지 않았나? 니 옷은 다 똑같은 거 같다!

딸: 그렇지 뭐… 옷 스타일이 다 비슷하지 뭐….

사례 5 ────────────────────────

조카: (달리다가 넘어짐) 앙~~~ 할머니 넘어져서 아파요.

엄마: 딱 봐도 넘어지게 달려가더라.

조카: (말 없음)

뭔지 아시겠어요? 정말 좋으신 분인데, 뭐랄까⋯ 뭔가 코드가 안 맞아요. 보통의 일반적인 답변을 기대하고 말을 걸었다간 낭패 보기 십상이지요.

세 딸은 항상 엄마에게 이야기합니다.

"엄마랑 말하기 싫어. 말하다가도 말할 맛이 뚝 떨어져. 어쩜 그리 공감 능력이 없어??"

그렇게 엄마는 딸들에게 '공감 능력이 제로인 여자'로 통했답니다.

그런데 어제 엄마를 만나고 '엄마의 공감능력'에 대해 다시 생각 해본 계기가 되었어요.

큰아버지가 돌아가셔서 장례식장에 다 같이 모여 있는데, 작은 아버지가 술을 드시고 저에게 과한 농담을 하시더라고요.

"야~ 너희 엄마는 저렇게 순둥순둥하게 생겨서는 왜 이리 욕심 이 많냐?? 재물에 대해 욕심이 너무 많아!"

아무리 술에 취했다 하더라도 엄마에 대해 그리 말하니 기분이

썩 좋지 않아, "왜 그러세요!~ 저희 엄마 얼마나 좋으신 분인데."라며 수습을 했습니다.

그럼에도 작은아버지는 멈추지 않고 또 이야기합니다. "너희 아버지는 기도의 힘으로 살고, 너희 엄마는 재물의 힘으로 산다! 그렇지?"

헐… 이게 대체 뭔가요? 부끄러운 가족사지만, 매번 돈 빌리러 오고 갚지 않는 동생들로 집에 기압류까지 들어와서 힘겹게 갚아왔던 엄마인데… 한 번이라도 진심을 가지고 사과는 못할망정

저희 아빠는 독실한 크리스천이시고, 더욱 독실한 크리스천이 되기 위해 결혼하셔서도 신학을 공부하셨지요. 그렇게 계속 공부하는 저희 아빠 덕에 엄마는 한평생 남편이자 아들 하나와 딸 셋을 가르치느라 힘겹게 살아오셨습니다. 그렇게 살아온 엄마에게 '재물의 힘'으로 산다니요?!!

엄마는 그럼에도 웃으며 "기도의 힘으로 사는 건 좋은데, 그럼 애들은 굶겨? 누군가는 먹여 살려야 되잖아."라고 말씀하시는데…

제 가슴이 찢어지게 아팠습니다.

이야기의 전환이 필요하다고 생각되더군요. '작은아버지는 색소폰을 잘 부신다면서요?'

누구나 그렇듯 자신의 분야가 나오면 들떠서 이야기하게 되잖아요. 작은아버지도 엄마를 공격하는 것에서 벗어나 자신의 악기 이

오늘 어떤 당신 이었나요?

야기를 하느라 한창이었지요.

맞은편 엄마는 부러운 눈빛으로 작은아버지에게 "그럼 검정 콩나물 악보를 다 볼 줄 안다는 거야?" 너무 순수한 질문에 저도 웃음이 났는데 작은아버지가 끝까지 저를 열 받게 하네요.

"그럼 내가 형수랑 같은 줄 아는가?"

핫… 그저 엄마는 웃고 있는데, 저는 웃을 수가 없더군요.

저희 딸 셋, 피아노 학원만큼은 끝까지 보냈던 엄마.

지겹다고, 안 간다고 징징거리면서 엄마를 원망했는데…

엄마가 못 배운 한을 왜 우릴 통해 푸냐며 얼마나 따졌는지….

엄마는 딸들이 피아노를 칠 때면 좋아하는 찬양 악보를 가져와서 한 번 쳐달라고 그렇게 부탁했는데, 귀찮아하며 비싸게 굴던 어렸을 적 모습이 생각나네요.

즐겁게 노래하는 엄마에게 "박자 틀렸잖아. 음정도!!"라고 면박을 주면, "너는 악보 보고 칠 수 있으니 얼마나 좋아?"라며 뿌듯해하셨던 엄마.

집에 오는 차 안에서 엄마가 제게 자주 했던, 그리고 너무나도 듣기 싫어했던 말이 떠올랐어요.

'한겨울에 너 낳고 보름도 안돼서, 너를 둘러업고 돈 벌러 나갔다. 그때 안 벌면 죽는 줄 알고… 몸 아픈지도 모르고 돈 벌었다. 빙판길에서 넘어지면서 어린 네가 다칠까 널 꼭 껴안고 넘어졌는

데… 지금 아픈 게 다 그때 몸조리 못해서 그런 거야.'

'지겨운 레퍼토리'라며 들을 때마다 저 역시 엄마에게 한 번도 공감해 준 적이 없었는데….

공감능력 제로라고 놀려대던 저는 엄마에게 한없이 미안했습니다.

가장 가까운 딸들에게도 공감을 받지 못했던 엄마에게 공감하라고 강요했던 '저'였습니다.

- 하루하루 살아가는 현실밖에 볼 수 없었던 엄마
- 당장이 급했던 엄마
- 꽃같이 예쁜 말들로 자신의 마음을 표현할 여유조차 없던 엄마
- 지킬 수 있는 것들만 이야기해야 했기에 선의의 거짓말조차 할 수 없었던 엄마
- 꿈보다, 자신의 바람보다 가족을 위해 돈이 필요했던 엄마
- 내 몸 추스르기보다는 부양할 가족이 보였던 엄마
- 내 몸이 아픈 건 견뎌야 하는 거라고 믿었던 엄마
- 이 힘든 시간 다 겪고 보니 우리가 하는 말들이 너무 작은 것들이라 공감해줄 수 없던 엄마
- 현실의 삶 속에서 엄마의 희생을 당연한 것으로 여겨 '엄마, 힘들었지?'라는 공감도 받아본 적이 없던 우리 엄마

그런 엄마가 이제 나이가 들고 어린아이처럼 변하고 있네요. 병원 갈 때마다 여기저기가 아프다며 전화하는 엄마를 향해 '병원 가

서 치료 좀 잘 받아'라고 말하지 않고, '엄마 아프지? 우리 엄마 아파서 힘들겠다. 엄마가 아프니까 내가 속상하다'라고 말할 수 있는 딸이 돼야겠습니다.

엄마 사랑해요!

이제라도 엄마에게 공감의 마음을 전해주고 싶은 엄마의 막내딸이….

내가 엄마라면
절대 안 그래

누구나 어린 시절 비밀 일기장이 있듯, 저 역시 친구에게 선물 받은 자물쇠로 잠그는 일기장이 있었지요. 이른 사춘기였는지 4학년 후반부터 엄마에 대한 불만이 쌓였고, 이러한 불만을 엄마에게 직접 이야기하지 못했던 저는 '자물쇠 일기장'을 이용했답니다.

불평을 길게 늘어뜨리기보다는 짧고 임팩트 있는 강한 욕으로 엄마에 대한 마음을 드러냈던 나만의 비밀 일기장.

　그 당시 화가 난 마음으로 썼던 일기장을 하루가 지나 다시 보면, 엄마에게 미안한 마음과 죄책감이 생겼습니다.

　'아침에 엄마가 돈가스도 해주고, 사랑한다고 하고 안아줬는데… 아 엄마한테 너무 미안하네…'

　그래서 교회에 가는 날이면 두 손을 모으고 엄마를 미워했던 저를 용서해달라고 하나님께 기도하곤 했지요.

그렇게 하루하루 성장해가는 제게 드디어 올 것이 왔네요. 제 방을 정리하던 엄마는 자물쇠를 잃어버려 비밀일기장에서 공개일기장이 되어버린 저의 일기장을 보고 말았던 것이죠.

엄마는 학교에서 돌아온 제게 일기장을 펴 보이며 울그락불그락되는 표정으로 소리지르기 대회를 시작했습니다. 저는 그 순간만큼은 지상 천하에 나쁜 년이 되어버렸지요.

일기장을 펼칠 때에 미안한 마음은 온데간데없고, '역시 내가 쓴 대로야… 엄마는 나빠! 그럼 그렇지!'라는 확신이 생겼지요. 엄마는 화가 안 풀리는지 몽둥이를 들어다 놨다 하며 저의 두려움을 고조시켰지만, 역시 모든 것의 끝이 있든 분노의 시간도 끝이 났습니다.

방에 홀로 남겨진 저는 또 다른 종이에 글을 적기 시작했습니다.

> 그렇게 애들 맘을 모르나??
>
> 내가 얼마나 착한지 몰라?
>
> 늘 미안해했는데…
>
> 나 같은 딸을 낳아보라고?
>
> 난 진짜 나 같은 딸 낳으면 정말 잘해줘야지.
>
> 난 다 이해해줄 거야… 엄마 같은 엄마는 안될 거야!

그렇게 세월은 흐르고, 저도 이제 사춘기 딸아이를 키우는 엄마가 되었네요. 저 역시 힘이 들 때마다 엄마가 제게 했던 '너랑 똑같은 애 낳아서 키워보라'는 말이 입에서 불쑥불쑥 튀어나옵니다. 엄마가 제게 퍼부었던 말들의 영향 때문인지 저는 저보다 조금 못된 딸을 낳은 것 같습니다. 전 정말 착한 딸이었으니까요.

어느 날 2시 50분에 나가기 위해 외출 준비를 하는 저와 딸아이에게 있었던 일입니다.

45분에 아이가 준비를 마치고, "엄마 다했어~!"하며 활짝 웃는데… 제 눈에 들어온 것은, 딸아이 치아교정기에 크게 낀 고춧가루!

정말 어찌나 크던지요. '늘 대충대충 양치하더니… 쯧쯧쯧' 저는 목소리를 높여 외칩니다.

"야 양치 다시 해! 교정기에 뭐 꼈잖아!"

시간이 촉박해 급한 마음에 목에 힘을 주고 "너 때문에 늦겠다… 빨리 나와!"라고 크게 외친 뒤, 엘리베이터를 기다리고 있었지요. 아이는 제가 먼저 나간 걸로 알고 양치하다 말고 이야기를 하더군요.

"지가 양치 다시 하라고 해서 늦었는데…
왜 나한테 저래! 진짜 짜증 나."

"지가 양치 다시 하라고 해서 늦었는데…
왜 나한테 저래! 진짜 짜증 나."

"지가 양치 다시 하라고 해서 늦었는데…
왜 나한테 저래! 진짜 짜증 나."

어찌나 제 귀를 후벼 파듯이 들리는지, 그 자리에서 문을 확 열고 들어가 큰소리로

"야 너 나와! 너 지금 뭐라고 했어? 다시 말해봐! 다시 말하라고!"

아이는 기가 죽은 듯… 고개를 떨궜지만 저는 봐줄 리가 없습니다.

"어머 나 없을 때 그렇게 말하나 보네… 왜 나 있으니까 말 못 해? 너 엄청 비겁하다… 다시 말해보라고! 다시 말 안 하면 혼날 줄 알아!"

아이는 작은 목소리로 "엄마 때문에 늦었는데 나한테 그런다고…"라고 말하며 긴장한 모습을 보였지만 저는 바로 쏘아붙였습니다.

"엄마 때문이라고 했어? 다시 말해봐? 엄마?? 엄마라고 했냐고?"

아이는 다시 "자기요… 자기 때문에…"

"장난하니? 자기라고? 자기라고 했다고? 거짓말까지 하면 더 혼나는 거야."

"지요… 지가라고 했어요."

일단 집에 와서 다시 한 번 붙을 마음으로 외출을 했지만 딸과 저는 모두 마음이 상해 차 안에서 냉기가 흘렀답니다.

아이를 데려다주고 기다리면서 "못된 것… 아주 버릇을 고쳐줘야지." 하며 이를 갈다가 '나도 저랬나??' 싶더군요. '나는 안 그랬

는데', '나는 소리 내서 말하진 않았지'라는 생각이 들 때쯤, 저 역시 일기장에 엄마 욕을 잔뜩 적은 모습과 제 일기장을 훔쳐봤던 엄마가 생각났습니다.

그리고 절 이해하지 못했던 엄마를 원망하던 제 모습도 같이….

지금의 저도 아이를 이해하지 못하고 있습니다. 게다가 화를 내고 있고요.

그토록 안 그럴 거라고, 아이를 이해하는 엄마가 될 거라고, 아이에게 설명하는 엄마가 될 거라고 다짐했던 저인데 말입니다.

시간의 흐름 속에서 잊어버렸던 것일까요? 아니면 다른 위치에 오면 잊어버리는 것일까요?

저의 딸에게 "딱 너 같은 애 낳아서 길러봐야 돼!" 하면 정말 신기하게 저 어릴 적 대답과 똑같은 말을 합니다.

"엄마! 걱정 마! 나 같은 딸이면 난 엄청 잘해줄 거니까. 이렇게 착한 딸이 어딨어? 난 우리 딸 마음을 정말 잘 알아줄 거야!"

웃겨 자빠지는 소리 아닌가요? 픽도 그럴까요? 저도 딸 마음 알아주는 엄마가 될 줄 알았다고요.

하루는 학교에서 행사가 있어 참석을 하던 중, 내빈 소개로 예상보다 40분이 더 초과되었어요. 사회자는 쩔쩔매고 빨리 말씀을 마쳐

달라 재촉하지만 말하는 분들은 그럴 기미조차 보이지 않았답니다.

전 옆에 언니를 쿡 찌르며 "왜 저렇게 길게 말하는 거야??"
언니는 "야! 나이 들면 다 그래."
"그런 게 어딨어?? 난 절대 안 그럴 거야."라고 말하자 언니는 절
보고 씩 웃으며 "네가 지금 한 말 기억 못 할걸."
저는 또다시 "꼭 기억하게 수첩에 적고, 짧게 말할거야." 라고 다
짐하듯 이야기했지요.
언니는 또다시 의미심장한 미소를 지으며 말합니다.
"그래그래! 근데 기억은 하지만 말할 땐 절대 길다고 못 느낄 거
야"

키득키득 웃다가 이런 생각이 듭니다.

내가 서 있는 그 위치에서 누군가가 그렇게도 못마땅스러울 때,
내가 서 있는 그 자리에서 누군가를 도저히 이해할 수 없을 때,
나 역시 그 자리에서 어떤 모습으로 서게 될지 나조차도 모른다
는 것.

조정민 목사님이 지은 『사람이 선물이다』라는 책에는 이런 글이
있습니다.

오늘 어떤 당신 이었나요?

"어떻게 그럴 수가 있습니까?"

그럴 수 있습니다.

사람은 그럴 수 있습니다.

너무 몰아세우지 마세요.

어떻게 그럴 수 있느냐고 따지는 사람도 흔히 꼭 같이

그런 일을 저지르니까….

그러기에 지금의 자리에서 누군가를 이해해보려는 마음이 필요하기도 하고, 지금의 생각을 잊지 않고 지켜내기 위한 끊임없는 노력이 함께 되어야 함을 마음속에 새겨봅니다.

아프니?

신랑이 춥다고 이불을 따로 덮자고 합니다. 제가 들썩거리면서 자면 찬바람이 들어온다면서요. 집안 온도는 평소랑 똑같은데, 춥다고 하고 머리도 아프다고 하는 거 보면, 예민한? 촉으로 '감기'를 의심할 수 있지요!
평소보다 보일러를 올리고, 혼자 실컷 덮으라고 이불도 줍니다.

근데 저도 7일간 아팠습니다. 매일 밤마다 기침하느라 잠을 못 이루고 시계만 쳐다보며 아침이 되길 기도했지요. 오늘도 새벽 5시쯤에야 기침이 멈추고 잠을 청했네요. 며칠간 아프면서 제가 자주 한 말이 있었어요.

"오빠 이거 음식이 쓰지 않아?"

김치찌개를 끓여도 쓰고, 나물 반찬을 먹어도 쓰더라고요.
또 같이 돌아다닐 때도 '아~ 너무 추워!'

심지어 차에 있는 담요까지 꽁꽁 싸매도 '추워!!!'라는 말을 입에 달고 살았네요.

몸이 아프니 평소에 일어나던 모든 일이 다르게 느껴집니다. 심지어 귀도 아프니 아이의 노랫소리도 듣기 싫어지더라고요.
"꼭 계속 노래를 불러야겠니?"
속마음: 노래나 잘하면 몰라… 아 진짜 듣기 싫어!

저는 개를 끌어안으면서 "노래 안 하고, 말 안 하는 네가 제일 예쁘다!"라는 말까지 한 못된 엄마가 되더라고요.

사랑아! 네가 제일 예뻐!

아프니?

보통의 일상적인 삶의 한 부분들이 몸이 아프면 왜 이렇게 다르게 느껴지는지 모르겠어요.

건강한 사람보다 춥게 느끼고, 똑같은 음식을 먹어도 쓴맛으로 느끼고, 노랫소리가 소음이 되어버리는 저를 보면서 알게 되었네요.

'아프면 모든 게 달라지는구나!'

문득 이런 상황이 '몸이 아플 때'에만 일어나는 게 아니라는 생각이 드네요.

마음이 아플 때도 그런 거 같아요.

내 마음이 누군가를 만나 다쳤을 때는, 평소에 일어나던 일들이 너무 크게 느껴져요.

대수롭지 않게 여겼던 일들에도 '이것마저 날 열받게 하나?'로 시작해서 '역시 이럴 줄 알았어. 나는 되는 게 하나도 없어.'라는 생각이 들 때 있잖아요.

그것뿐인가요? 자주 듣던 남편의 방귀소리도 짜증이 나요.

'저 인간은 내가 여자로도 안 보이는 걸까? 왜 끝에 힘을 주고 방귀를 뀌지? 한번 들어보라는 거야 뭐야?' 하면서 아주 얄미워 보이고요.

그러려니 했던 카페에 불친절한 아르바이트생한테도 성질이 나서 커피를 받고 혼자 조용히 욕을 하기도 하고요.

오늘 어떤 당신 이었나요?

하교하는 딸을 기다렸음에도 불구하고 다녀와서 이것저것 간식을 달라고 하는 딸에게 "꼭 그렇게 오자마자 많이 먹어야 되겠니?"라고 짜증을 부릴 때도 있어요.

그럼 저희 딸은 저에게 바로 쏘아붙입니다.
"왜 짜증나면 나한테 화풀이하는데? 엄마는 강의하고 피곤하면 나한테 꼭 그러더라!"

맞아요… 제 마음이 피곤해서 그랬어요.
제 마음이 힘드니 평소와 똑같은 상황이 다르게 느껴졌나 봐요.

몸이 아플 때면,

① 보일러 온도를 올린다.
② 목에 스카프를 감는다.
③ 따뜻한 차와 비타민을 먹는다.
④ 평소 해야 할 일들을 내려놓고, 휴식모드로 들어간다.
⑤ 침대 안으로 go! go!

나름의 매뉴얼이 있었는데….
마음이 아팠을 때는 그저 내버려 두기 바빴던 거 같아요. 심지어 아픈 생각들을 곱씹으면서 상처를 더 후벼파기도 했고요.

'시간이 지나면 잊혀지겠지'라는 마음으로,

아니면 당장 무엇을 해야 했기에 '마음의 아픔'은 뒤돌아버렸을지도 몰라요.

저희 엄마는 아빠랑 싸우고 제게 전화해서 자주 하는 이야기가 있어요.

"너네 아빠가 뭐라 한마디만 하면, 옛날 거부터 아주 쭈욱~~ 다 올라와! 열 받아서 이제 참을 수가 없어!"

그저 별 대수롭지 않은 한마디 던진 아빠는 엄마의 따발총을 맞고, 침대에서 두어 시간 누워있다가 식사할 때가 되면 다시 일어나는 패턴이지요.

매번 외출할 때마다 가스불 잠궜는지도 깜빡하는 엄마는 아빠에 대한 불만은 왜 이리도 잘 기억하는 걸까요?

기억에 관한 뇌 이야기를 어느 책에서 본 적이 있어요.

기억 과정은 감정의 영향을 많이 받는다고 하네요. 우리가 오랫동안 생생하게 기억되는 일들을 떠올려보세요. 보통은 아주 재밌는 일이거나 아주 슬픈 일이라고 해요.

우리는 세월이 많이 흘러도 이런 기억에서만큼은 마치 어제 일어난 일처럼 생생하게 이야기할 수 있지요.

옛 어머님들이 시집살이 이야기로 책을 수십 권 쓴다 하시잖아요. 게다가 아줌마들이 모이면 방금 전에 출산한 사람처럼 얼마나 생생하게 이야기하는지 몰라요. 저 역시도 아이 출산 이야기만큼은 어제 일어난 일처럼 할 수 있으니까요.

기억과정과 감정과의 깊은 연관이 있다고 하네요. 우리의 감정에 따라 뇌에 정보가 쉽게 입력되고, 견고하게 저장된다고 합니다.

괴로운 기억, 잊고 싶은 지난 일.
'나도 빨리 잊고 싶은데….'

그러나 우리의 아픔은 나의 마음과는 상관없이 기억에 오래도록 저장되어 있어서 비슷한 아픔이 오면 고슴도치처럼 가시를 세우곤 합니다.
'가까이 오지 말라고요!'
'다시 아프고 싶지 않아요!'

우리는 그 상처가 얼마나 아픈지 알고 있으니까요.
그리고 다시 아프고 싶지 않으니까요.

그렇게 가시가 돋은 채로 있다가, 아무것도 모르고 다가오는 사람에게, "지금 네가 나에게 오면 되겠니? 안 되겠니? 내 가시에 같이 찔려서 한 번 해보자는 거야?"라며 화를 낼 때도 있었지요.
심지어 반갑게 다가온 누군가는 저의 가시에 찔려서 상처를 입었을지도요.

몸이 아플 때는 약도 먹잖아요. 쉬려고 침대에 오랜 시간 눕기도 하잖아요.

이제 마음도 기억해주세요.

마음이 아플 때는 '마음' 좀 챙겨주세요.

힘들었을 내 마음

- 당황했는데도 아무렇지 않은 척 버텼던 내 마음
- 속상한데 어른이라는 이유로 꾹 참은 내 마음
- 억울하지만 아무 말 없이 참았던 내 마음

몸이 아팠을 때처럼 마음이 아플 때 우리도 매뉴얼을 만들자고요!

① 펑펑 울면서 내 가슴을 꼭 껴안아준다.
② 괜찮다고, 너니까 버텼다고, 고생했다고 토닥토닥해준다.
③ 오늘은 너를 위해 쏜다며 먹고 싶던 치킨을 먹는다.
④ 내가 왜 속상했는지 천천히 상대에게 이야기한다.
⑤ 그리고 내 마음이 아팠다고 알아달라고 말한다.

모든 상황에서 5번까지는 하기 힘들 수도 있어요. 그래도 우리가 기억해야 할 건 내 마음도 충분히 보살펴 줘야 한다는 거 아닐까요?

속상했나요?

화가 났나요?

울고 싶은가요?

손을 올려서 토닥토닥….

"너 힘들었구나. 알아… 내가 알고 있어... 뾰족한 가시 이제 내려도 돼."

"애썼어…."

아프니?

오늘
'어떤 당신'
이었나요?

명절에는 텔레비전만 켜도 재밌는 영화가 많이 하는 거 같아요.

연휴의 마지막 날에는 내 집에서 편하게 부스스한 옷차림으로 양가에서 받아 온 음식들 꺼내 먹고, 누워서 텔레비전 보는 게 너무 좋으면서도, 내일이면 다시 정상으로 돌아간다는 생각에 섭섭한 마음이 감도는 날이지요.

아이들은 며칠간 체력이 방전된 엄마 아빠 마음을 알 리 없고, 놀아달라고 징징대는 명절의 마지막 날! 저는 바로 '텔레비전 찬스'를 썼습니다.

어린 시절 친구와 극장에서 너무나도 재미있게 보던 〈토이 스토리〉 만화영화가 하더라고요.

"이거 엄청 재밌어~! 엄마랑 같이 볼까?"라고 청하며 잠시 소파에 기대서 보기 시작했습니다.

아이들이 유난히 좋아하던 장난감이 있듯, 영화에 나온 남자 어린이는 우디라는 인형과 함께 성장해왔나 봅니다.

〈토이 스토리〉의 '우디'

〈토이 스토리〉의 '버즈'

그러나 아이들은 새로운 만화 주인공이 나오면 또 사달라고 조르지 않나요? 저희 조카만 봐도 만화 캐릭터 인형이 집에 줄지어 있더라고요. 영화에 나오는 어린이도 새로운 장난감을 간절하게 원해 멋진 장난감을 얻게 됩니다. 그 친구는 바로 '버즈'입니다.

사람만 없으면 장난감들은 서로 이야기하고, 움직이며 자신들의 세계를 즐깁니다.
새로운 장난감 등장에 어떤 대화를 하는지 들어볼까요?

"난 우주 보호단 전사!
악의 황제 저그로부터 우주를 수호하고 있지!"

"모두들 새로운 장난감을 보니
신기하지??"

"장난감? 장난감이라고?
난 우주의 전사야!!!"

누가 봐도 장난감인데… 아니랍니다.
우주의 전사라네요.

한참이나 영화가 진행된 뒤에도 전사라고 믿는 버즈에게 '만화
주인공'이라고 번번이 말해주지만 버즈는 듣지 못합니다.

오늘 어떤 당신 이었나요?

아이는 영화가 재밌는지 깔깔거리며 보고 있지만 저는 영화에 몰입되기는커녕 '무섭다'는 생각이 들더군요.

'혹시 남들은 나에 대해 다 알고 있는 것을 나만 모르고 있는 건 아닐까?'
'나도 버즈처럼 남들이 하는 말을 무시한 채 살아가고 있진 않을 까?'

오래전 딸아이가 초등학교에 입학하고 얼마 되지 않아 담임선생 님께서 상담차 학교 방문을 권하셨던 적이 있었어요. '걱정 반 설렘 반'으로 학교를 방문했지요.
학부형이 된 저는 긴장을 많이 했지만, 선생님께서 딸아이의 칭찬을 해주시니 기분이 참 좋더라고요. 그런데 선생님께서는 조금

상기된 표정으로 "어머니, 제가 다른 이야기도 드릴 말씀이 있어요. 어떻게 생각하실지 모르겠지만, 제가 다민이를 정말 걱정하고 아끼는 마음에 드리는 이야기니 마음 상하지 않으셨으면 좋겠어요. 다민이가 정말 바르고 착한 아이인데, 아이들과 잘 어울리지 못하는 부분이 있어요. 아이들이 조금 싫어할 만한 행동이라고 해야 할까요? 다른 친구들을 조금 속상하게 하거든요."

저는 참 당황스러웠습니다. 마치 이 이야기를 듣기 위해 그전에 달콤한 사탕을 먹은 기분이라고 할까요?

선생님은 이어서 이야기를 하기 시작했습니다. "밥을 먹을 때나, 쉬는 시간에 놀 때에도 함께 어울리는 것이 아니라 이곳저곳에서 친구들에게 지적을 많이 하더라고요. '바른 자세로 앉아서 먹어라', '쩝쩝거리지 말아라', '옷 좀 똑바로 입어라', '먼지 나니 살살 다녀라'부터 해서 고학년 언니들한테까지 지적을 너무 많이 해서 교우관계가 걱정됩니다."

저의 놀란 가슴을 누가 알까요?

저는 너무나 당황해서 "다민이가 왜 그럴까요? 정말 속상하네요."라는 말 외에는 할 말이 없었지요.

이렇게 울고 싶은 제 마음을 선생님은 알지 못한 채 "어머니 제 이야기 하나 해도 될까요? 저는 제 아들을 키울 때 정말 싫은 행동이 있었어요. 소리도 쳐보고, 매도 들어봤지만 아이는 바뀌지 않더라고요. 저는 교회를 다니는데요. 너무 속상해서 제발 아들의 행동을 고쳐달라고 오랜 시간 기도했었어요. 그런데 어느 순간 제 마음속에 이런 깨달음이 있더라고요. 가장 싫어하는 아들의 행동이 저의 행동이라는 것을요. 어머니, 당황스럽겠지만 혹시 다민이의 이런 모습이 부모님의 모습은 아니었는지 한 번 고민해보시겠어요?"

저는 당황스러운 마음도 있었지만, 그런 모습이 내 모습일 거란 선생님의 이야기에 기분이 상했습니다. 그건 자기 이야기이지 내 이야기가 안 될 수도 있는 거 아닙니까? 왜 그걸 저한테 갖다 붙이는 건지... 마음이 상할 대로 상한 저는 자리를 빨리 정리하고 집으로 향했습니다.

제 마음속에서 여러 가지 생각이 났습니다.
'자기가 선생이면 다야? 자기가 뭔데 부모 닮아서 그렇다는 둥 그런 말을 하는 거야? 정말 웃긴 사람이네!'

집에 온 딸아이에게는 절대로 지적하지 말라는 신신당부와 왕따가 될 거라는 협박으로 마무리 지은 채 시간이 흘렀습니다.

한 달, 두 달… 그렇게 계절이 바뀌어 갈 때쯤 저는 아이와 함께 놀러 갈 기회가 있었습니다. 한 손에 아이스크림을 들고 있어서였을까요? 아이의 표정이 참 밝더라고요.

"엄마 내가 기분이 너무 좋아~ 노래 한 곡 불러볼게~"
역시 저와 함께하는 시간이 즐겁나 봅니다.
저는 "그럼 우리 딸 노래 한번 해봐!"

다민   쪼로로롱 산새가 노래하는 산속에

엄마   다민아 '산속에'가 아니라 '숲속에'.

다민   다시 부를게.
        쪼로로롱 산새가 노래하는 숲속에
        예쁜 아기 다람쥐가 살고 있었대요.

엄마   '있었대요' NO! NO! '있었어요!'

다민   울창한 산속~

엄마   '산속'이 아니라 '숲속'이라니까 (아… 정말 너는 아빠랑 똑같구나. 어쩜 가
        사를 못 외우니?) 어휴….

다민   아!!!!!!!!!!!! 그만해! 내가 틀린 거 말해 달랬어? 기분 좋아서 부르는 거
        라고 했잖아.

　제 딸은 마구 소리를 지르며 울기 시작했습니다. 저는 엄마에게
큰 소리로 화를 내고 울어대는 아이에게 화가 나서 차를 세우고
고개를 돌려 아이를 바라보려는 순간….
　한 달, 두 달, 세 달 전 담임 선생님께서 말씀하셨던 '혹시 아이
가 부모님의 모습은 아니었나요?'라는 질문이 제 머리를 쾅 치는

거 같았습니다.

그 기억을 시작으로 제 머릿속에 필름처럼 많은 사건들이 지나가기 시작했습니다. 엄마는 늘 저에게 '지적질 대마왕', '지적질하는 게 취미'라고 이야기하셨지만 저는 그저 잘못된 걸 말해주고 도와주는 것이라고 생각했습니다. 게다가 "잘못된 걸 지적이라고 받아들이니 엄마는 평생 못 고치는 거야!" 하며 당당하게 외쳐댔지요.

이런 일도 있었어요.
어떤 강사님과 카카오톡 대화 중
나: 강사님 점심 드셨어요?
강사님: 네 먹었지요~~ 아주 배부르네요.
나: 좋은 거 드셨나 봐요??? 뭐 드셨어요?
강사님: 뚝'베'기 불고기요~

따르르릉~따르르릉~갑자기 강사님으로부터 전화가 오더니
강사님: 어머! 나 맞춤법 틀려서 민망해서 걸었어요~
나: 틀릴 수도 있지. 저도 문자 할 때 오타 많아요~그게 뭐 별거라고~
강사님: 아냐~ 강사님 이런 거 틀린 거 엄청 싫어하시잖아요. 그래서 바로 전화했어.

그 당시 통화하면서 생각지도 못했던 사건들이 제 머릿속에서 번쩍 '천둥 번개'로 등장하기 시작했습니다. 지금 생각해보니 너무나도 많은 사람들이 저에 대해 이야기했지만, 전 단 한 번도 들어본 적이 없었습니다.

〈토이 스토리〉의 '버즈'와 같았습니다. 시간이 흘러 버즈가 장난감임을 알고 받아들이며 고통스러워하는 모습은 이후의 저의 모습을 예고하는 장면이었습니다.

부끄러웠습니다. 저와 깊은 친분이 있는 사람들은 저의 모습에 대해 조심스럽게 이야기했을 겁니다. 그러나 이야기해줘도 못 듣는 저를 바라보며 '저 사람은 어차피 말해도 몰라!'라고 입을 굳게 닫았을 사람들의 모습을 상상하니 몸 둘 바를 몰랐습니다.

누구나 자신이 보지 못하는 부분을 갖고 있겠지만, 사람과의 관계 속에서 누군가 나에 대해 이야기를 해 줄 수 있다는 사람이 있다는 것이 얼마나 소중한 것인지요.

아마도 가까웠기에 그리고 저를 아꼈기에 말할 수 있을 것인데 우리는 혹시 어떻게 반응했었을까요?

혹시 저처럼 "너나 잘해", "네가 나아?", "네가 뭔데?"로 대받지는 않으셨나요?

한때 어린이집에서 원아 폭행으로 인해 CCTV 설치가 대두되었던 적이 있었습니다. CCTV는 이제 의무화가 되었지만, 법안이 통과하기 전에 사회가 시끄럽기도 했지요.

그 당시 신문에서 한 기사를 보았어요. CCTV가 의무화되기 3년 전부터 이미 CCTV를 설치했던 한 어린이집.

일거수일투족을 감시하는 족쇄로 느껴질 법도 한데, 한 선생님은 역발상의 제안을 했습니다. "아이들을 가르친 지 10년이 돼가면서 매너리즘에 빠진 건 아닌지 반성하게 돼요. 이번 기회에 '내가 부모다'라고 생각하고 CCTV를 봐보는 건 어떨까요?"

선생님들은 바로 그날 CCTV 영상을 함께 돌려 봤고, 충격 아닌 충격을 받았다고 합니다. 평소 생각하던 자신의 모습과 영상 속 자신의 모습이 너무 달랐기 때문이지요.

한 선생님은 화면 속에서 자신이 펜으로 책상을 '탁탁'치고 칠판을 손으로 치면서 이야기하는 모습과 허리에 손을 얹거나 팔짱을 끼거나 뒷짐을 진 자신의 모습을 보고 당황스러움을 감추지 못했습니다.

다른 선생님은 자신이 유독 한 아이만 예쁘다고 안아주거나 뽀뽀해준다는 걸 깨닫고 놀란 모습을 보이기도 했지요.

자신들의 모습을 봄으로써 선생님들은 의식적으로 허리에서 손을 내리고, 등원할 때 모든 아이를 한 번씩 안아주는 노력을 했다고 합니다. 노력이 통했던걸까요? 낯을 가리는 아이도 먼저 선생님에게 다가오고, "선생님은 ○○만 좋아해"라는 말을 하지 않았다고 하네요.

"아이들 문제인 줄 알았는데 내 행동이 바뀌니 아이들이 바뀌더라"라고 고백하는 선생님의 이야기는 참 기억에 남았습니다.

나 자신을 알아가는 일은 어쩌면 가장 어려운 일이고 받아들이기 힘든 일인 거 같습니다.
늘 '제3자의 눈'으로 나를 본다는 것은 불가능하겠지요?
매일 밤 녹화된 CCTV를 볼 수 있는 사람은 없으니까요.
어떻게 볼 수 있을까요?
어떻게 돌아봐야 하는 걸까요?
그래서 저는 제 자신에게 숙제를 하나 내주었습니다.
늘 남을 평가하고, 남의 잘잘못을 따지기 좋아했던 제 자신에게요.

오늘의 숙제, '늦은 밤 잠자리에 들기 전에 오늘 너 자신을 다시 한 번 바라보는 건 어때?'라는 성찰의 숙제를요.

지금 오늘의 당신을 천천히 되돌아보는 시간을 가져보는 것은 어떤가요?

오늘 어떤 당신 이었나요?

오늘 어떤 엄마였나요?

오늘 어떤 아빠였나요?

오늘 어떤 딸이었어요?

오늘 어떤 아들이었나요?

오늘 어떤 상사였어요?

오늘 어떤 부하였나요?

오늘 어떤 '나'였나요?

뭣이 중헌디?

남편이 회사에서 『깊이에의 강요』라는 책을 빌려왔더군요.

오늘 어떤 당신 이었나요?

그때 잘난척하고 싶던 저는 "어머~ 파트리크 쥐스킨트 책이네! 『향수』도 썼고, 『좀머 씨 이야기』, 『콘트라베이스』도 쓴 작가잖아!"

하지만 내용은 하나도 기억이 안 나지요. 그래도 잘난척했음에 만족했답니다.

이 책, 아주 얇아서 금방 읽겠다 싶어 남편이 읽은 뒤 저도 뒤따라 읽기 시작했지요. 제가 『깊이에의 강요』의 첫 번째 이야기를 짧게 이야기해볼게요

'그림에 깊이가 없다'는 평론가의 말에 상처를 입은 유능한 여류 화가는 깊은 상처를 입고 그림에 손을 댈 수 없었고, 말없이 생각에 잠겨 "왜 나는 깊이가 없을까"라는 한 가지 생각뿐이었지요.

상인이 그림을 청했을 때도 "나는 깊이가 없어요."라고 거절하였고, 결국 깊이의 문제로 힘들고 괴로워하다 극단적인 선택을 하고 말지요.

한때 전도양양했고 미모도 뛰어난 여류 화가의 자살 사건은 언론의 주목을 받게 되고, 그녀의 죽음에 충격을 받은 평론가는 그녀의 그림을 다시 평가하여 문예란에 기고하지요.

"사명감을 위해 고집스럽게 조합하는 기교에서, 이리저리 비틀고 집요하게 파고듦과 동시에 지극히 감정적인, 분명 헛될 수밖에 없는 자기 자신에 대한 피조물의 반항을 읽을 수 있지 않는가? 숙명적인, 아니 무자비하다고 말하고 싶은 그 깊이에의 강요를?"

아니 깊이가 없다고 할 때는 언제고, 초기 작품에서도 깊이를 볼 수 있다고 하니….

여류 화가가 너무 안타깝네요. 4장도 안 되는 이 소설을 세 번을 반복해서 읽게 되었어요. 정말 너무 마음이 아팠거든요. 누군가는 이 책을 보고 '화가가 소심하다'라고 할 수 있고, '함부로 평가하지 말아야겠다'라고 생각할 수도 있어요.

하지만, 전 그저 여류 화가가 측은했어요.

저는 직업이 강사다 보니, 제 강의를 들은 교육생 및 청중이 저에 대해 평가를 하곤 합니다. 가끔은 담당자가 강의 후에 "강사님, 피드백 좋네요.", "평가 잘 나왔어요." 라는 말을 전달해주기도 하고요. 아마도 안 좋은 이야기도 있겠지만 알아서 담당자가 걸러주는 거겠죠?

근데 2017년도에 제가 계약한 회사는 제 강의에 대한 만족도를 객관식 항목과 주관식 항목으로 조사를 해 결과를 한 글자도 빠짐없이 모아모아 모아서 저에게 이메일로 보내줍니다.

모여진 객관식 항목의 평균치를 보는 것은 아무런 생각 없이 바라보게 되지만, 주관적 평가를 볼 때는 상황이 완전히 달라집니다.

모든 사람이 다 글을 남기는 건 아니고 150명 중에 2~3명 정도가 주관식 평가를 매우 열성적으로 적어줍니다. 이게 한 달이 모이면 15개에서 20개 가까이 되지요.

오늘 어떤 당신 이었나요?

20개 중에서 17개는 저를 칭찬해줍니다.

"강사가 열정적이다."

"알아듣기 쉽게 설명해줘서 좋았다." 등등

물론 저를 향한 쓴소리도 있지요. 부끄럽고 속상하기도 하지만 제가 잘못 전달한 것은 그러한 피드백을 통해 도움을 받곤 합니다.

참 신기한 것은 좋은 피드백이 많았음에도 불구하고 쓰디쓴 2-3개의 피드백이 저의 머릿속에서 온종일 저를 괴롭힌다는 겁니다. 그래서 평가 메일을 받는 날은 야식+폭식을 하는 날입니다.

그중에서 제게 가장 쓰디쓴 말은 "강사 목소리 톤이 높아서 듣기 거북하다."

저 목소리 좋단 이야기 많이 들었던 거 같은데, 이 기업에서 '목소리가 듣기 싫은 여자'가 되었습니다. 20개 중에 2개 정도는 꼭 목소리 이야기가 나오더군요.

목소리와의 전쟁이 시작되었습니다.

저는 강의만 끝나면 배가 아프고 소화가 안 되었고, 피부에 엄청난 여드름이 올라오기 시작했습니다. 여자라서 겪을 월경의 주기는 깨져버렸고, 온몸이 아프기 시작했습니다. 의사선생님은 '30분 열심히 뛰면서 스트레스를 날려라'고 조언을 주셔서 헬스장도 등록했지만 몸과 마음이 지쳐버린 순간에는 그곳도 가고 싶지 않았습니다.

아무 생각 없이 메일창을 열었는데, 기업으로부터 평가 메일이 와있기라도 하면 심장이 벌렁거렸고 핸드폰을 잡은 손은 바들바들 떨고 있었습니다.

더욱 괴로운 것은 강의를 하는 순간에도 '나 목소리 톤이 높은가? 지금 내 목소리 듣기 싫은 거 아니야? 너무 힘이 들어간 거 아니야? 오버하지 말자. 좀 더 낮게 좀 더 낮게.'

입은 주저리주저리 강의 내용을 이야기하고 있지만, 머리는 따로 놀았기에 몰입할 수 없었지요. 얼마나 긴장을 하는지 한겨울에도 쉬폰 나시에 얇은 여름 재킷을 입고 강의를 했답니다. 긴장으로 흐르는 땀을 저도 주체할 수 없었기에….

이러한 증상이 다른 곳에 강의를 가서도 나타나기 시작했습니다. 더 이상 강의가 하기 싫었습니다. 제 목소리가 너무 듣기 싫었지요. 강의하면서 청중을 보는 것이 아니라 제 자신을 보고 있는 듯한 느낌이 들었으니까요.

이러한 기억이 있었기에 조금은 여류 화가님의 마음을 이해할 수 있었던 거 같습니다.

하지만 저는 살아야 했습니다. 또 살아야겠다고 결심했습니다.

저를 살려주기로 마음을 먹은 저는 담당자에게 평가 메일을 안 받고 싶다고 정중하게 말씀드렸습니다. 정말 필요한 것이나 수정할

부분이 있다면 따로 전달해달라는 부탁과 함께요. 사실 그들의 피드백이 궁금했지만, 회사와의 계약 기간을 채우기 위해서는 잠시 귀를 막기로 결정했습니다.

'12월까지만 참자'라는 마음으로 그렇게 버티고 또 버텼지만, 순간순간 지난 평가의 기억이 떠오르기도 했습니다. 그때마다 남편은 이야기합니다. "색시야! 대통령 당선될 때 모든 국민이 한 사람을 뽑아서 대통령이 된 게 아니잖아. 모든 사람한테 인정받으려고 하지 마. 많은 평가 중에 널 지지하는 사람이 훨씬 많았잖아!"

정말 고마운 말 하나가 저를 도닥여 주었고, 달래주었습니다.

그럼에도 간혹 우울할 때는 제가 참 좋아하는 언니에게 전화를 합니다.
"언니야… 나 목소리 그렇게 이상해? 나 너무 속상해서…."

그때 그분이 이야기합니다.
"도올 김용옥 선생님 목소리 좋아? 안 좋아? 디스하려는 게 아니라 그분 목소리 엄청 독특하잖아. 근데 많은 사람들이 그분의 강의를 듣기 위해 몰려들어. 어떻게 생각해??
물론 남의 이야기를 듣는 것도 좋은데, 그래도 내가 나의 색깔대로 밀고 나가는 것도 중요해!

정답은 없는 거 같아. 그렇게 스트레스받으면 아무것도 못해!"

와우~ 도올 김용옥 선생님 정말 죄송합니다만, 제가 참 힘이 되었네요.

깊이를 강요받았던 여류 화가님, 깊이를 찾아보려는 시도는 좋았지만 우리 정말 스스로를 괴롭히진 말자고요.
찾아보려는 시도, 찾고자 했던 노력이 숭고하다고 말하고 싶어요. 다만 '깊이'를 찾다가 견디지 못해 가지고 있는 모든 걸 잃어버린다면 무슨 소용이 있겠어요.

영화의 한 대사가 생각나요.
"뭣이 중헌디?"
당신이 중요해요. 평가 한마디에 자신을 망가뜨리지 말자고요. 그저 당신의 그림을 좋아하는 사람들에게 당신의 그림을 보여주면 되는 거예요.

저도 그저 저를 찾아주는 기업을 가면 되는 거예요.

우리 자책하지 맙시다.

오늘 어떤 당신 이었나요?

해보지도 않고
그런 말 하기 없기!

결혼 12년 만에 얻게 된 '우리 집',

집값의 50%는 대출금으로 60세까지 갚아야 하지만, 그래도 '우리 집',

이사 걱정 없는 '우리 집',

사진 걸고 싶을 땐 편하게 전동드릴을 꺼낼 수 있는 '우리 집',

저희 부부는 이런 집을 '우리 집'이라 부르고, 남들은 '은행 집'이라 부른다고 하지요?

이렇게 소중한 우리 집을 예쁘게 꾸미고 싶지만, 안타깝게도 저희 부부는 미적 감각이 전혀 없어서 '그냥저냥 집'으로 둘 수밖에 없었네요. 뭐라도 하나 해보려 하면 직언을 좋아하는 친언니들은 "야! 물건을 쓰고 제자리에 두지도 않으면서 인테리어는 개뿔, 옷부터 걸어라!"

마치 예쁜 집은 우리 집이 될 수 없는 운명으로 받아들이고, 인터넷에서 다른 분들의 온라인 집들이를 보며 감탄하고, 자책하고, 괴로워하다가 '청소만 잘하자!'로 끝맺음을 합니다. 그런 저희에게도 변화가 생겼던 시점이 있었습니다.

2주간의 해외 출장을 떠난 남편을 기다리며 '집을 정리해보겠다'고 다짐을 했습니다.
주방과 거실만 정리하는 데 걸린 시간은 무려 일주일!

기다리고 기다리던 날! 두둥! 남편은 집에 돌아오자마자 "아니 집이 왜 이렇게 깨끗해? 대체 뭐 한 거야?"라며 깜짝 놀란 표정을 짓더라고요.

딸아이는 어깨를 으쓱하며 대답하려는 저를 제치고는
"아빠! 아빠가 2시간 만에 치울 것을 엄마가 며칠을 했나 몰라~! 엄마 엄청 힘들었을걸."
딸아이의 말에 마음이 상한 저는 큰소리로 외쳤습니다.
"너 말이야~ 엄마가 옷은 바로바로 걸어 놓으라고 했어! 안 했어? 습관이 중요하다니까. 아무 데나 벗어놓지 말라고!"
집안을 정리하는 습관만 생긴 것이 아니라 잔소리 실력도 늘어난 듯했습니다.

집이 조금 정돈이 되니 남편은 매일 밤 집을 예쁘게 꾸밀 수 있는 소품, 수납장을 검색하기 시작했습니다. 먼저 지저분해 보이는 베란다를 어떻게 가릴까 고민을 하게 되었네요.

우리 집 베란다

가릴 방법을 검색하던 중 인터넷에서 꿀팁을 얻어 안개 시트를 붙이기로 결심했지요.

상품평에는 '너무 예쁘다', '혼자서도 할 수 있다', '집이 정돈이 된다' 이런 후기가 있어 베란다 창을 측정해 바로 주문을 했답니다.

남편과 앉아 재단을 하고, 창틀에 분무기로 물을 뿌리고 시트지를 들어 살짝 붙였습니다. 이제 창문과 시트지 사이를 꾹꾹 눌러 줘야 하는데 남편이 의욕이 앞선 것인지 너무 빨리 그리고 너무 세게 눌러 시트지에 자국을 크게 남겨버렸네요.

오늘 어떤 당신 이었나요?

다시 펴려고 해도 안 펴지는 시트지를 보며 볼멘소리로 "오빠 왜 이렇게 사람이 급해? 내가 위에서 붙이고 있는데 갑자기 누르면 어떡해!" 남편은 멋쩍어하며 "미안 미안" 이야기하는 순간 저는 잽싸게 누르는 도구를 빼앗아 "내가 할게." 하고는 작업을 하기 시작했습니다. 기포도 없이 쫙쫙 밀며 붙여대는 제 손을 보며 저는 생각했습니다.

'난 정말 손재주가 있구나!'

이사 와서도 남편이 삐뚤빼뚤하게 실리콘 작업을 하는 반면 저는 일자로 깔끔하게 작업했던 것이 기억났는지, 남편은 저에게 시트지 작업을 양보하고, 보조역할로 자리바꿈을 했답니다.

전 맥가이버 같은 여자예요

저는 실리콘 작업에도 능하고, 시트지 작업에도 능한 그런 여자였기에 당당하게 남편에게 이야기했습니다. "오빠 이건 내가 할 테니까 위에만 잡아봐."

저는 능숙한 모습을 보여주기 위해 두 번째 문을 작업하기 시작했습니다.

'시트지 작업이 무엇인지 보여주겠어!'라는 의욕과는 달리 날렵한 손놀림은 온데간데없고 남편이 한 실수보다 더 강한 자국으로 남기고 말았습니다.

오늘 어떤 당신 이었나요?

그런 저를 향해 "생각보다 어렵지? 이거 일반인들이 하기엔 참 어려운 작업인가 봐."라고 말하는 남편에게 아무런 대꾸를 할 수 없었습니다. 만회하고 싶은 마음에 더 열심히 했지만, 생각만큼 되지 않았고 결국 다시 떼어내야 하는 상황이 되었지요.

저는 해보지도 않고, '저걸 못하나?', '저것밖에 안 되나?'라고 생각하는 제 모습이 참 부끄러워 용기를 내서 이야기했습니다.
"이렇게 어려운 건지 몰랐어. 아까 못한다고 구박해서 미안해."

짜잔~ 우여곡절 끝에 완성한 시트지 작업

때때로 우리는 해보지도 못한 것을 마치 다 할 수 있는 것처럼 여기며 살아갈 때가 많은 것 같습니다.

심지어 남이 못하는 것을 보며 '나라면 저렇게 안 한다, 저걸 저렇게밖에 못 하나.'

물론 더 잘할 수도 있겠지만, 우린 아직 해보지 않았잖아요.

우린 그 사람이 되어 겪어보지 않았잖아요.

그런데 그 사람에게 비난의 잣대를 내밀기엔 이른 것은 아닐까요?

이전에 스포츠를 관람하면서 실수하거나 혹은 기량을 펼치지 못하는 선수를 향해 야유를 보냈었던 저는 조금 바뀌었습니다.

그저 함께 아쉬워하고 안타까워하는 모습으로 말이죠.

오늘 어떤 당신 이었나요?

역전의 명수

   딸아이가 초등학교를 입학하고부터는 숙제와 영어 담당은 제가 했답니다. 일하고 와서 힘든 날, 집안일도 하고 공부까지 봐주는 게 제일 힘들었어요. 제가 영어를 잘해서 가르쳤던 건 아니고요. 듣기, 말하기, 읽기 영역을 골고루 할 수 있도록 옆에서 지지해주고, 방향을 잡아준 정도였지요. 학원비 아낀다는 명분으로 아이와 씨름했던 시간들을 생각해보면 제 자신이 너무 기특합니다.

   다들 아시겠지만 자기 자식을 가르치는 일은 힘든 일이지요. 누가 그러더라고요. 자식 가르치면 관계가 망가진다고!
   돈 벌어서 교육은 교육전문가에게!
   하지만 저희 딸은 학원을 싫어합니다. 보내봐도 한 달을 채우기가 힘드니 어쩔 수 없이 저의 몫이 되었지요. 아이 가르치는 동안 미운 사람이 생겼습니다.

   바로 남편입니다.

저는 방에서 아이를 가르치느라 힘든 시간을 보내고 있는데, 남편은 마루에서 키득키득하면서 개그 프로그램을 본다거나, 잠을 쿨쿨 잔다거나 할 때는 참 얄밉더군요.

잠자기 or 책 보기 or 스마트폰으로 웹툰 보기

"오빠! 내가 얼마나 힘든지 알아?"라고 물어보면 말은 엄청 번지르르합니다. "우리 색시~ 힘들지? 오빠가 다 알지! 우리 색시 고생했어! 진짜 1등 색시다. 집에 와서 아이도 가르치고! 여보가 짱이야!"

괜히 그 말에 어깨에 힘이 들었다가도 다음날 아이를 가르치는 동안 놀고 있는 남편을 보면 억울한 마음이 자꾸 듭니다. 그래서 남편을 향해 "오빠가 좀 하면 안 돼? 오빠가 봐주면 되잖아!"라고 짜증을 내면 남편은 시무룩한 표정으로 "오빠는 영어를 못해서 그래. 여보가 잘하는 거니까… 좀만 이해해주라."

이렇게까지 말하는 남편을 보면 제가 하는 게 맞겠지요. 그렇게 5년 가까이 아이와 공부했더니 이제는 제 도움이 필요없는 순간이 오더라고요. 제가 할 일은 그저 책을 사주고 응원을 보내주는 일입니다.

제게도 여유가 찾아왔어요. 집에 돌아와도 저의 숙제가 없습니다.
차를 마시며, 책을 볼 수 있는 여유.
고생과 기다림 끝에 찾아온 이 시간은 참 좋습니다^^
그리고 더 행복한 이유가 있답니다.

아이가 6학년부터 수학의 늪에 빠질
줄 몰랐습니다. 아이를 가르칠 때마다
여유를 즐겼던 남편은 과거의 제 모습이
되었지요. 수포자 수학 포기자 의 삶에서 건져
보고자 매일 밤 인고의 시간을 보내고 있는 남편.
책을 읽다가 뒷모습을 보는데 너무 고소해요.

의도치 않았던 복수는 잠시나마 저의 입꼬리를 올려주었답니다.

남편은 퇴근길에 카톡을 보낼 때마다 수학 이야기를 합니다.

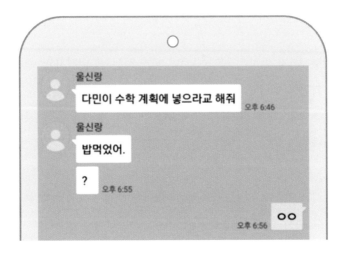

아이의 저녁 일정에 수학 시간을 빼놓으라고요. 저는 고작 아이
에게 "아빠가 수학 시간 빼놓으래." 한마디면 땡입니다!

아직 학생인 저는 야간에 수업을 듣습니다.
가끔 아이와 남편이 궁금해 카톡을 보내봅니다.

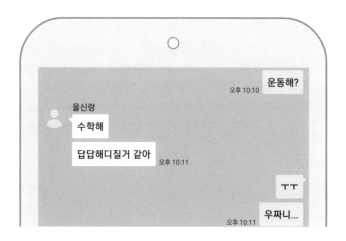

이제 저의 심정을 알겠지요?

이렇게 될 줄 누가 알았겠습니까?

오늘은 드디어 수학 문제집 한 권을 끝내고, 새 책을 산 역사적인 날입니다.

기념사진 찍자고 하니 저렇게 문제집을 들더군요.

아… 사진을 보니 불쌍하단 생각이 듭니다.

수없이 똑같은 말을 반복해야 할 남편.

그럼에도 또 틀린 문제를 설명해야 할 남편.

근데 이제 중1이니 갈 길이 멉니다.

남편의 모습을 보니 예전에 TV에서 김미경 강사님이 했던 말이 생각나네요. 팔을 흔들면서 시계추처럼 올라갔다 내려갔다 하는 동작을 보이며 강의를 하셨지요.

인생에서도 오르막길이 있으면 내리막길이 있는 것이 당연지사이니 너무 조급해하지도 남을 부러워하지도 말라는 이야기를요.

저는 남편이 아이에게 수학을 가르치는 동안 올라가는 시간이고, 남편은 내려가는 시간인가 봅니다.

영어를 가르칠 땐 계속 내려가 있는 시간일 줄 알았는데, 결국 올라가네요.

이럴 줄 알았으면 아이 가르칠 때 남편 구박은 적당히 할 걸 그랬어요.

"잠이 오냐?"

"책 재밌냐?"

"내가 불쌍해 보이지 않니?"

아이에게도 "지긋지긋하다. 이걸 언제까지 해야 하나?"라고 말하지 말걸 그랬습니다.

이러한 상황은 저에게 큰 배움이었어요.
언제 상황이 역전될지 모른다는 것을 몸소 체험했기 때문이죠.
아이의 영어를 가르치며 내려가 있을 때, 남편에게 너무 투덜거렸는지 올라가서도 편안하게 누릴 수가 없네요.
가끔 남편에게 미안하기도 하더라고요.

내가 올라와 있을 때, 내려가 있는 상대방을 향해
"힘들지? 너무 애쓴다. 나도 겪어봤잖아. 내가 도와줄 수 있는 게 뭘까?"라고 말할 수 있는 마음을 가진 사람이 되어야겠어요.
만약 내려가 있는 상대방을 향해 "거봐라! 인생 공평한 거야! 너도 당해봐라!"라는 마음을 갖고 산다면 이 얼마나 슬픈 일인가요.

올라가면 내려갑니다.
내려가면 올라갑니다.
꽃은 피고 집니다. 꽃잎이 떨어지고 다시 피는 것이 꽃의 숙명이듯, 우리의 삶 역시 오르락내리락의 연속이겠지요.

올라가셨나요?

올라갔을 때 겸손한 마음으로 아래를 바라볼 수 있는 지혜.

원래 내 자리가 아니라 아래에서 위로 올라갔다는 것을 기억할 수 있는 낮은 마음.

내려갔나요?

올라갔으니 내려왔구나를 받아들이는 겸허함.

내려가 있다고 너무 슬퍼 마세요.

다시 오를 일만 남았으니까요.

언젠가 올라갈 거라 믿는 희망.

그리고 그 희망의 끈을 붙잡고 버텨야 합니다.

p.s. 여보! 힘들지만 힘을 내요!

언제 나한테 토스할지 모르니까!!!

나는 긴장하고 있을게!

복수할거야!

누군가가 미워지기 시작했습니다. 참 가깝게 지냈던 사람인데, 서로가 티 안 나게 조심스레 멀어져 가고 있음을 느낄 수 있었지요.

저 역시 먼저 연락하기도 싫고, 연락조차 하지 않는 사람의 모습을 보며 '양방 간의 미움'이라고 확신하게 되었죠.

'그래 맞아! 우린 멀어졌어. 내가 의도한 건 아니야!'

서로를 챙겨주고, 위해주던 시간들은 뒤로한 채 멀어지게 된 계기들을 떠올리며

'내가 그렇게 쉬워서 그리 행동한 건가?'

'어쩜 그리 엉큼하게 행동하니?'

'내가 여태 챙겨준 게 얼만데…' 등등 서운한 마음이 가득 찬 저를 발견했어요.

이런 서운함을 넘어 도화선에 불이 붙는 사건이 일어났네요.

언니를 만나 같이 밥을 먹고 집에 가던 중 미워하고 있는 사람

에 대한 이야기를 언니에게 했지요. 저희 언니는 저를 위로하고자 '원래 그런 사람이니 이해해'라는 마음을 전해주고 싶었나 봅니다.

그래서 14년 전 제가 미워하고 있는 그분이 제게 실수했던 말을 떠올리며, "그때 너한테 그런 말도 했잖아. 원래 그런 사람이니까 그냥 마음 비워!"

아무 생각 없이 운전하다가 14년 전 기억의 소생으로 심장에 공격을 받아버렸네요.

빵야! 빵야! 빵야!

집에 돌아와서도 얼마나 괘씸하던지,
'내가 왜 이걸 잊고 있었지?'
'아, 진짜 못된 인간!'
'정말 재수 없어.'

제 마음이 분노로 가득 차버렸습니다. 미워하니 먹어도 소화도 안 되고, 자꾸 짜증만 나더라고요. 이런 저를 그대로 내버려 두고 있으면 안 된다는 생각에 내일이 토요일인데 주말을 망치면 안 되잖아요 '명상'을 해야겠다고 결심했습니다.

인터넷에 '용서 명상'이라고 검색을 했답니다.
몇몇 동영상을 보니 조용한 노래와 함께 '나는 용서합니다. 나는

행복합니다. 나는 용서합니다. 나는 행복합니다.'

5분 정도 들으니 마음이 편해지더라고요. 근데 자꾸 눈이 감깁니다. 졸린 게 함정이었어요. 그래서 다시 다른 동영상을 찾다 보니 무한도전 동영상이 있더라고요. 3년 전 동영상인데 재밌겠다 싶어 클릭클릭!

유재석 씨가 이야기하기 시작합니다.

"나보다 결코 그렇게 많이 나을 것 없으면서 내가 한 문제 틀렸다고 나를 비웃었던 그 사람을 잠깐 떠올려보시기 바랍니다. 단 떠올리되, 미워하지도 욕을 하지도 마시기 바랍니다!"라고 말하는 유재석 씨.

여러분은 누가 떠오르세요? 저는 이 말을 듣는 순간 앞에서 미워하던 사람이 딱 생각나더라고요. 욱하는 마음을 누르고, 그 사람의 얼굴만 떠올려봤습니다.

유재석 씨는 이어서 "자 이제 그 사람의 이름을 부른 뒤 '용서합니다'를 삼창하는 겁니다."라고 알려주셨어요.

저도 잠시 그분의 이름을 부르고 '용서합니다 용서합니다 용서합니다'를 따라 해봤답니다.

근데 뭐랄까 마음이 몽글몽글해지더라고요.

이제 마지막으로 김종민 씨 차례가 되었어요. 촬영차 지방에 갔을 때 술 취한 아저씨가 김종민 씨에게 와서 이렇게 말했다고 합니다. '제일 멍청한 애'라고 말이지요.

김종민 씨는 "이름도 모르고, 아무것도 모르는 그분을 아저씨라고 부르겠습니다."라고 말한 뒤

"아저씨! 용서하겠습니다. 용서하겠습니다. 용서하겠습니다."

김종민 씨의 진지한 모습을 보는데 저의 마음속에서 뭔가 묘하게 아지랑이처럼 피어오르는 느낌을 가질 수 있었습니다. 따뜻한 커피 한 모금을 마실 때 뱃 속이 녹는 기분처럼 말이지요.

그리고 나니 그분이 제게 잘해줬던 기억들이 떠오릅니다 사람이 이렇게 간사합니다.

1+1 물건을 사면 하나는 써보라고 줬던 분,
맛있는 과일을 보면 택배로 보내주시던 분,
생일이면 챙겨주시던 분….

감사했던 추억들이 떠오르니 미워했던 시간들이 참 미안해집니다. '왜 미워할 땐 하나도 기억이 안 났을까?'라는 생각을 하다 보니 제가 강의할 때 일어나는 상황이 생각나더라고요.

제가 '긍정 마인드' 강의할 때 종종 일어나는 일을 소개하겠습니다. 여러분도 한 번 생각해 보세요!

오늘 어떤 당신 이었나요?

초성자를 보고 제일 먼저 생각하는 단어를 말해 봅시다.

청중은

박수!

버스!

보스! 등등 여러 가지 단어가 나옵니다.

그다음 단어 보실까요? 여러분은 뭐가 생각나세요?

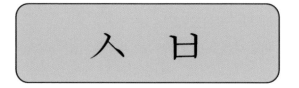

수박!

수비!

소변!

수분!

또 이걸 보면 뭐가 생각나세요?

자라!

지리!

진로!

많은 단어가 있지요.

근데 제가 강의하면서 아주 신기한 현상을 발견했습니다.

첫 초성 'ㅂㅅ'에서 생각할 겨를도 없이 누군가 '병신'이라고 외치면,

다음 초성 'ㅅㅂ'에서 사람들이 웃기 시작합니다. 물론 우리가 생각하는 시… 발… 욕이겠지요?

그리고 바로 다음 초성 'ㅈㄹ'이 보이자마자 '지랄!'이라고 외칩니다.

물론 욕이 생각나게끔 하려는 유도 질문이지요. 그럼에도 처음에 욕이 아닌 다른 단어를 듣고 나면, 다음 단어에서도 다른 것들을 생각해내려고 애쓰는 모습들을 볼 수 있었어요.

반면에 부정적인 단어를 듣고 나면 그 영향이 커서인지, 그다음

오늘 어떤 당신 이었나요?

단어들도 자동적으로 욕으로 연결됩니다.

어쩌면 누군가를 향한 마음도 그런 게 아닐까요?
미운 점만 생각하면 한없이 미워지잖아요. 누군가를 향해 욕하기 시작하면 "맞아맞아! 그것뿐이야?" 이러면서 오만 기억이 쏟아져 나오듯 말이에요.

상대를 향한 미움의 사건들이 모이고 모여 과거와 현재를 맞추는 퍼즐을 완성하지요!
반대로 좋은 쪽으로 생각하면 또 좋은 기억이 떠오르기도 하고요.

'아~~~ 내가 그분의 대해 미워하는 것만 생각하고 있었구나!'라는 생각이 들며 마음이 녹아내리려고 하는 찰나에!!!!!!!!
와……. 이럴 수가 있나요?
그분이 제게 복수를 합니다.

저희 딸이 키가 부쩍 커서 작은 티를 입고 다니는 걸 기억했는지 티 하나를 사주고 싶다던 문자….
미안한 마음은 100배로 늘어나 버렸네요.

어딘가 책에서 보았던 거 같아요. 미워하는 사람에게 복수는 이렇게 하는 거라고요.

'사랑으로'

먼저 복수할 걸 후회됩니다.

혹시 미워하는 사람이 있으세요?
어쩌면 좋았던 기억을 뒤로 한 건 아닌지 잠시 떠올려보세요.
그래도 조금 밉다면 그분의 이름을 부르고 '용서합니다'를 세 번
해보세요.

그리고 적극적으로 복수해버리세요!
상대방이 미안한 마음으로 가득해 버리게 먼저 작은 선물 하나
보내는 건 어떠신지요?
아니면 '잘 지내지?'라는 인사말은 어떤가요?

저도 다시 복수해보려고요!
여러분도 복수에 성공하시길 바라겠습니다!

오늘 어떤 당신 이었나요?

원고를
마감하며…

금요일, 대전에서 강의를 했습니다.

아침부터 서울에서 미팅을 하고, 점심에 집에 들러 딸내미와 같이 밥 먹고, 다시 대전으로 내려갈 계획을 했지요.

그런데 저의 남편 고생할 저를 생각했던 걸까요?

참 스윗합니다^^

아침부터 고생한 저를 위해 대전까지 운전해주겠다던 남편!
딸아이도 방학했으니 같이 가자고 하네요.

남편은 회사 앞에 맛있는 식당이 있다며 예약해놓고, 식당 앞에
서 저를 기다리고 있더라고요.

깔끔한 정장을 입고, 주차장이 어디인지 알려주려고 손을 드는 남편은 정말 멋져 보였지요.

푸짐하게 닭백숙을 먹고, "우리 남편 최고!"를 외치며 저희는 룰루랄라 대전을 향해 달려갔답니다.

제가 강의하는 동안 옆 카페에서 남편과 딸이 기다리고 있다고 생각하니 행복하고 든든했지요.

일정을 마치고 백종원 선생님께서 맛집으로 추천한 들깨칼국수 가게를 찾아갔답니다.

그곳에서 칼국수를 먹는데… 남편이 조심스레 제게 물어봅니다.

"여보… 오늘 보니까 말이야.

야구하네…

근데 대박인 게 오늘 대전에서 홈경기를 하더라고…

그리고 야구장이 바로 칼국수집에서 5분 거리야.

여기까지 왔는데 한 번 갈래?"

'하… 그냥 혼자 올걸…'

전 야구 안 좋아합니다.

너무 길어요. 딱딱한 의자에 앉아서 3시간을 기다릴 생각에 선뜻 '가자'는 말이 입에서 안 떨어지더라고요.

"여보! 나는 야구 재미없어. 가기 싫은데… 꼭 가고 싶으면 둘이 가. 난 카페 가서 기다릴게. 괜찮으니까 걱정 말고 마음 편히 둘이 봐!"

남편은 제 말을 듣고 서운했는지 "나도 좋아하지도 않는 음악회 여보가 가자고 해서 3시간이나 앉아 있었는데… 여보도 야구장 한 번 가면 안 돼?"

음악회 이야기까지 꺼내니 할 말이 없었습니다.

"그래 가! 가자고!"

그렇게 결국 저희는 한밭야구장으로 달려갔지요.

'야구 보려고 일부러 따라온 게 아닐까'라는 의심을 품은 채로 야구를 관람했습니다.

오늘 어떤 당신 이었나요?

전 야구를 잘 모릅니다. 그저 타자가 친 걸 상대방이 한 번에 잡으면 '아웃'이라는 것과 공이 멀리 넘어가면 '홈런'이라는 것 정도만 알지요.

남편과 딸아이의 설명을 들으며 야구를 관람하고 있는데, 우리가 응원하는 한화는 점수를 내지 못하고 있더군요.

맘먹고 왔는데 점수를 득점하지 못하니 마음이 많이 안타깝더라고요.

딸아이는 응원봉까지 사와 아빠와 미친 듯이 응원합니다.

그러나 점수는 6회 말 10:0으로 지고 있으니 몇몇 사람들은 '에이 졌다. 그냥 가자.' 하면서 가는 분들도 있더라고요. 저도 그분들에게 팁을 얻어 남편에게 이야기했지요.

"오빠 8회 말까지 점수 못 얻으면 그냥 가자!"라고 말이지요.

어차피 진 게임.

이미 끝나버린 게임인 거 같지만 우리 팀의 공격이 시작되면 사람들은 일어나서 미친 듯이 응원합니다. 어깨동무를 하고 좌우로 몸을 흔들고요.

목청껏 선수 이름을 부르며~ OOO 안타~~~ 플레이! 플레이! OOO!

우리 팀 타자가 아웃이 되고, 다른 타자가 나오면 또 미친 듯이 응원합니다.

어떤 분은 2층에서 호루라기를 불어대면서 깃발을 흔들어 대며 응원하시더라고요.

그런데 7회에 대박사건이 일어납니다.

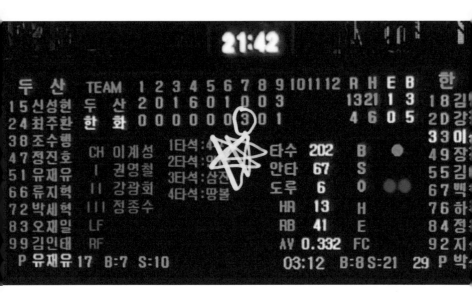

7회에~~~ 제가 야구에서 자신있게 알고 있는 것 중 하나인 '홈 런'이 터진 겁니다.

공이 멀리멀리 넘어가더라고요!!!!!!

강의 후 목이 아픈 저는 절대로 소리 내서 응원하지 않았습니

오늘 어떤 당신 이었나요?

다. 그런 제가 홈런을 본 순간 갑자기 자리에서 일어나서 방방 뛰다가 박수를 치며 "와~~~~~~~~~~~~ 대박대박!"

남편을 붙들고, 딸아이를 붙들고 우리는 함께 너무너무 행복해했지요.

한화를 응원하던 사람들은 '최강 한화'를 외치면서 난리~난리가 납니다.

그런데 생각해보세요. 그래봤자 10:3이라고요.

뻔히 이길 수 없을 거라고 생각했던 경기에서도 사람들은 계속 응원을 합니다.

8회에서도 득점을 할 수 없었지요.

마지막 9회 말에서 두산은 또 3점을 득점해서 13:3이 되었습니다. 어휴…….

그러나 사람들은 계속 응원을 합니다. 그런 응원의 열기가 전달되었는지 마지막에 우리 팀이 1점을 득점합니다.

끝난 게임이었음에도 불구하고, 1점 득점을 할 때 한화를 응원하던 우리들은 소리를 지르며 뒤로 넘어갑니다.

야구를 좋아하지 않는 제가 얼마나 야구에 심취했는지 제 모습을 몰래 남편이 찍었더라고요.

그렇게 경기는 끝나고, 야구장을 빠져나오면서 딸아이가 이야기
를 합니다.

"아빠~ 꼭 이겨야 재밌는 건 아닌가 봐. 졌지만 그래도 너무너
무 재밌었어."

맞아요. 맞더라고요! 저도 재밌었어요. 근데 왜 재밌었는지는 모
르겠어요.

오늘 어떤 당신 이었나요?

'왜 재밌었을까? 뭐가 재밌었을까?'

'나는 왜 심취해서 야구를 보게 되었을까?'

지는 게임이었고, 역전을 예상하기에는 힘들었던 게임.

저는 아이에게 물어봤어요.

"다민아. 지는 게임인데도 왜 재밌어?"

"비록 지지만, 홈런이 나올 때 너무 짜릿했고, 같이 소리 지르면서 응원하니까 즐거웠어. 또 마지막에 1점 낼 때도 너무 좋고."

"그래 다민이 말이 맞아. 엄마도 야구 안 좋아하는데… 홈런 나올 때 진짜 좋더라. 집에 안 가고 보길 잘했다 생각했어. 같이 응원하는 것도 재밌었어."

응원을 하는 많은 사람들의 뒷모습을 보면서 저는 이런 생각을 했어요.

'나 자신을 저렇게 끝까지 응원한다면 어떨까?'

비록 내가 밀리고 있는 상황에서도 언제 밀렸냐는 듯이, 마치 진적이 없던 것처럼 나를 향해 응원해주면 어떨까?

'지금 한다고 되겠어? 어차피 안돼!'로 포기해버렸다면 7회의 멋진 홈런을 구경하지 못했겠지?

어차피 시작한 게임이라면, 멈출 수 없는 게임을 해야 한다면 나를 미친 듯이 응원해준다면 어떨까?

진다 한들 그 게임의 과정에서 난 즐길 수 있지 않을까?

13:3으로 계속 지고 있지만…

9회 말 더 이상 기회가 없는 그 순간에도 마지막 공격을 하는 나를 위해 응원한다면 어떨까?

비록 1점이지만, 13:4로 졌지만,

딸아이 말처럼 '지는 게임이었지만, 참 재미있었어.'라고 말할 수 있지 않을까?

어제 저는 지금의 책을 위해 출판사와 계약을 했습니다.

사실 많은 출판사에 투고 메일을 보냈지만, 출판사 의도와 맞지 않다는 반려 메일을 받고 저는 굉장히 우울했지요.

여전히 계약서에 사인하는 날에도 제가 책을 내도 되는 건지, 제 글이 괜찮은 건지 걱정입니다. 이미 책은 내기로 했고, 원고는 넘어가 이미 게임은 시작되었는데 저는 관중들처럼 저를 응원했던 적이 없어요.

출판사 대표님께서 "저자가 자기 글에 이렇게 자신이 없으면 어떡해!?"라고 물으시길래 저는 작은 목소리로 "그러게요…."라고 대답하기에 그쳤지요.

어차피 지는 게임의 출판이면 어떤가요?!

당연히 처음 쓰는 책이고, 유명인도 아닌 제가 출판을 하면

13:0의 진 게임이 될 수도 있겠지요.

그러나 글을 쓰고, 출판하는 과정 속에서 "플레이 플레이 이한 나!", "최강 한나!" 외치다 보면 1점이라도 득점하지 않을까요?

물론 게임의 결과에 있어 아무 영향도 없는 1점이지만, 저를 향해 응원하고 있을 때 진정 그 1점을 기뻐할 수 있지 않을까요?

혹시 알아요~ 홈런 한 번 만날 수도 있잖아요.

'지는 게임이었지만 진짜 재밌었어.'라는 말을 하기 위해서 게임의 과정 속에서 나 자신을 위한 응원이 꼭 필요하지 않을까요?

같이 응원하실래요?

저는 오늘도 외쳐보려고요!

"플레이! 플레이! 이한나!"

오늘 어떤 당신이었나요?

초판 1쇄   2018년 07월 30일

지은이   이한나
발행인   김재홍
교정·교열   김진섭
마케팅   이연실

발행처   도서출판 지식공감
브랜드   문학공감
등록번호   제396-2012-000018호
주소   경기도 고양시 일산동구 견달산로225번길 112
전화   02-3141-2700
팩스   02-322-3089
홈페이지   www.bookdaum.com

가격   13,000원
ISBN   979-11-5622-389-4 03810

CIP제어번호   CIP2018021433
이 도서의 국립중앙도서관 출판예정도서목록(CIP)은 서지정보유통지원시스템 홈페이지
(http://seoji.nl.go.kr)와 국가자료공동목록시스템(http://www.nl.go.kr/kolisnet)에서
이용하실 수 있습니다.

문학공감은 도서출판 지식공감의 인문교양 단행본 브랜드입니다.